『レ・ミゼラブル』の世界

西永良成
Yoshinari Nishinaga

岩波新書
1655

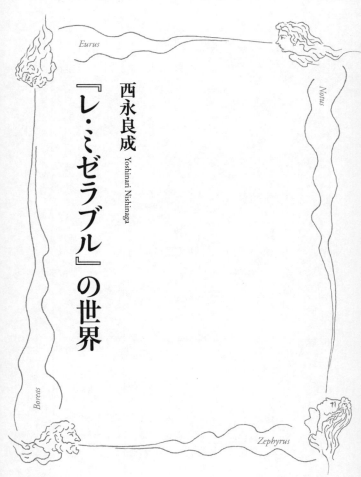

はじめに

ヴィクトール・ユゴー(一八〇二―八五年)が一八四五年から書きはじめ、六二年に発表した『レ・ミゼラブル』が最初に邦訳されたのは、明治時代の「翻訳王」森田思軒による『哀史』だったが、これは未完に終わり、その後一九〇二年から翌年(明治三五―三六年)にかけて、「翻案王」黒岩涙香が『噫無情《ああ》』と題して英語から「超訳」し、作者ユゴーとこの作品の名を定着させた。また、同じ涙香はほぼ同時期にアレクサンドル・デュマの『モンテ・クリスト伯』(一八四四―四六年)を『巌窟王』と題して紹介し、世に広めた。以来、『レ・ミゼラブル』と『モンテ・クリスト伯』は何度も日本語に翻訳されるばかりか、フランスおよび世界各地でこれを原作とする芝居、映画、テレビ、ミュージカル、児童書などに多数翻案され、だれでも題名ぐらいは憶えているフランス一九世紀国民文学の双璧と見なされて今日にいたっている。

じっさい、いずれも大作(前者はプレイヤード版で一四八六頁、後者は一三九八頁)のこの両作品には少なからず共通点がある。ともにナポレオン麾下の不遇の将軍の息子として生まれ、同い年の友人でライバル関係だった二人の著者が、それぞれの作品を書きはじめたのは一八四〇年代中頃のほぼ同時期であり、物語はいずれも歴史小説で、同じ一八一五年からはじまっている(前者は一〇月、後者は二月)。物語の主人公が長く牢獄生活を送ったあと(ジャン・ヴァルジャンは一九年間、エドモン・ダンテスは一四年間)、名前を変えて波乱にみちた冒険をくりひろげることでも共通する。たとえば、ジャン・ヴァルジャンはたまたま死んだ修道女の棺に、ダンテスはイタリアの老司祭の棺にといったように、死者と入れ替わることによって生き延びるのだし、みずから築いたか、遺産によるかの違いがあるものの、いずれも手にした大金を元にしてじぶんの運命に立ち向かっていく。

さらに王政復古時代を背景とする物語にナポレオンの影が差している点でも類似している。これから本書でくわしく見るように、『レ・ミゼラブル』では第二部冒頭のワーテルローの描写と考察をはじめとしてナポレオンは作中に「遍在」しているのだが、『モンテ・クリスト伯』でもダンテスはエルバ島のナポレオンがパリの同調者に宛てた秘密の書簡を仲介したと密告されたことでイフ島に投獄される等々、ナポレオンの登場箇所は枚挙に暇がない。

とはいえ、このような共通点・類似点にもかかわらず、両者のあいだには大きな違いがある。デュマの作品は二年という短期間に新聞連載小説として書かれ、たえず読者の興味を掻きたてるような、息もつかせぬストーリーの展開に徹しているのに反して、ユゴーの小説は執筆から出版まで一七年間もの歳月が必要だった。また『レ・ミゼラブル』では作者がストーリーのなかにしばしば顔を出し、みずからの人生哲学、歴史観、政治・社会思想、宗教論などを逸脱、余談のかたちで挿入して、多くの読者を困惑、さらには辟易させかねない。だから、出版当時の版元ラクロワからこの「哲学的な部分」を削除してほしいという要望が再三なされたのも、ある意味で当然だった。

むろんユゴーは、「迅速で軽快な劇は一二か月の成功を得るかもしれないが、深遠な劇は一二年の成功になるだろう」と言ってあくまでそれを拒みつづけた。なぜなら、同じ劇作者・小説家であっても、ユゴーはまず詩人であり、さらに政治家でもあって、彼が意図したのはデュマのように、あるいは『パリの神秘』などで当時人気作家だったユジェーヌ・シューのようにたんなる「冒険小説」ではなく、あくまでみずからの広範な経験、知見、思索、考察を総結集する、のちに「全体小説」と呼ばれるものだったからである。その結果、『レ・ミゼラブル』は一九世紀フランス文学のみならず、古今の小説のなかでも比類のない作品となった。したがって私たちは、映画やミュージカルにあるようなスリルにみちたストーリーを追うだけにとどめず、ミシェル・ビュトールが「アリア」と呼んで評価している作者の逸脱、余談をふくむその全体を見ようとしなければ、この小説の真価にふれることはできないのである。

これからその試みをおこなうが、記述の順序としては、まず第一章「『レ・ミゼラブル』とはどんな小説か」でこの名作の構成、あらすじ、手法、話法、時代背景などについて概説する。

第二章「ふたりのナポレオンと『レ・ミゼラブル』」では作品の内的な背景として、ユゴーが崇拝したナポレオン一世、呪詛したその甥ナポレオン三世との関係、また正義と自由を求めた彼の政治活動を略述する。

第三章「再執筆とナポレオンとの訣別」では、クーデターによって第二帝政の皇帝となったナポレオン三世と対立し、国外追放処分を受け、一九年間英仏海峡の孤島、ジャージー島、ガーンジー島に立てこもることを選んだユゴーの、ナポレオン三世独裁体制にたいする批判と抵抗、これと密接に関わる『レ・ミゼラブル』誕生の経緯を明らかにする。

第四章「ジャン・ヴァルジャンとはどういう人物なのか」では、この主人公の内面の変化を丁寧にたどり直すことで、作者がなぜ元徒刑囚にして義人という奇怪な人物を描いたのかを考察する。

そして第五章「「哲学的な部分」とユゴーの思想」では小説に挿入された「哲学的な部分」を中心に、この小説に見られる詩人＝哲学者としてのユゴーの社会・政治思想、歴史観、「進歩」の観念、宗教観などを解説するつもりである。

また、これは『レ・ミゼラブル』という名声のわりには、あまり読まれていないと言われるこの大長編小説の全体的な概要を示し、その新たな醍醐味、さらに今日性をさぐろうとする本だから、記述がたびたびユゴーの原文とその注解、伝記的な事実、若干の考察を行き来する進み方になることをあらかじめ断っておきたい。

『レ・ミゼラブル』の世界

目次

はじめに

目　次

第1章

『レ・ミゼラブル』とはどんな小説か

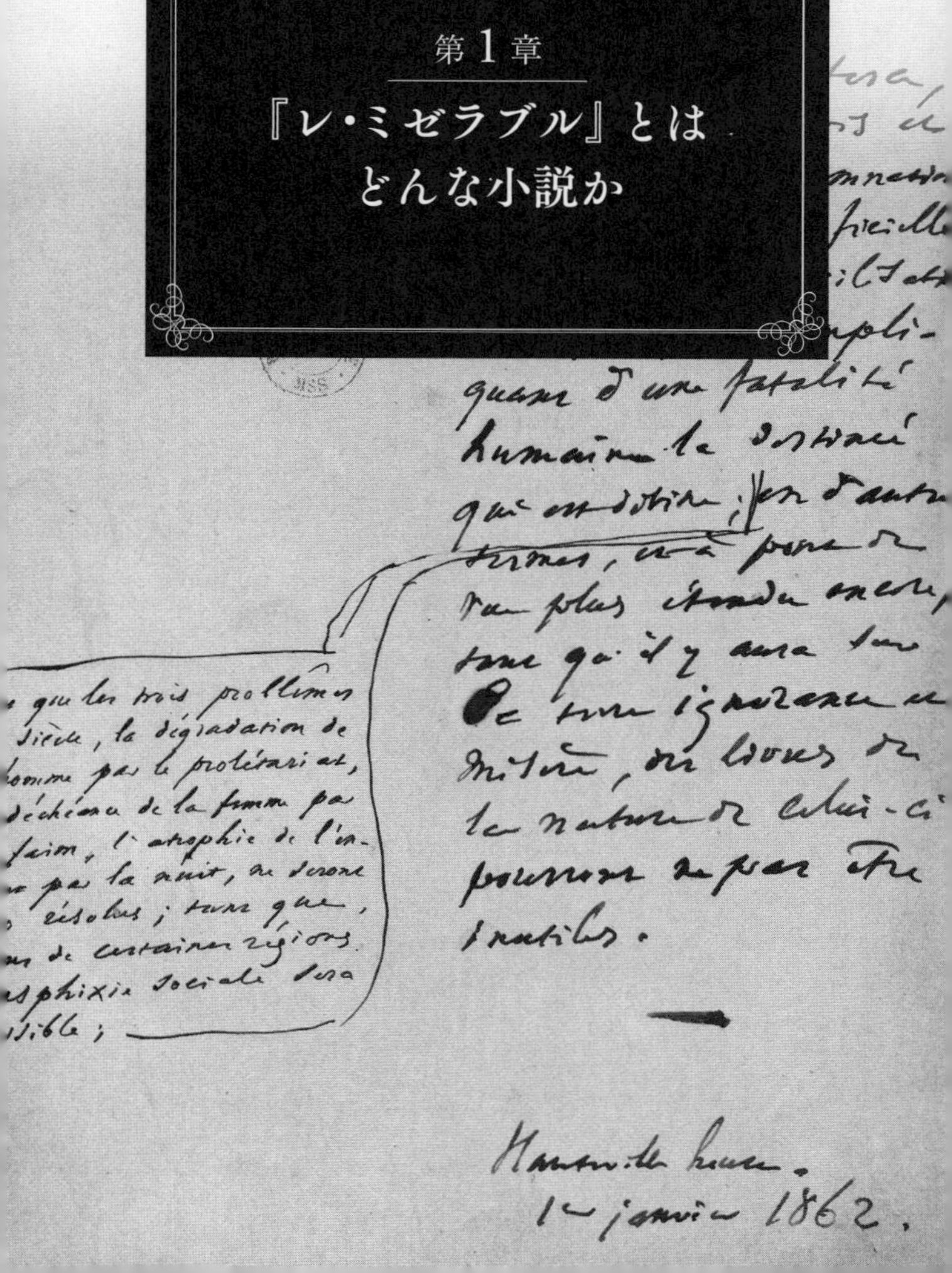

第 1 章扉
『レ・ミゼラブル』序文の自筆原稿

読みづらい小説

『レ・ミゼラブル』*Les Misérables*（貧しい人びと・惨めな人たち）は、貧しい労働者を題材とした『クロード・グー』（一八三四年）以後、二八年ぶりに公刊したユゴー六冊目の小説である。この畢生の大作は発表されるや空前のベストセラーになったばかりか、今日でもなおフランスで読まれている本のうち、『聖書』に次いで第二位の位置を占めている。文字通り、ユゴーの代表作である。

しかし、きわめて有名なこの「世界の名作」は、長大かつ複雑きわまる小説であり、ともすれば初めて読む読者の意気を削いでしまう。じっさい、ジャン・ヴァルジャンが銀の食器を盗み、それを司教に許されるという冒頭のくだりはどこかで読んだり、あるいは映画やミュージカルで内容は知っているという人が多くても、最初から最後まで一気に読み通したという読者は少ないだろう。

なぜこの小説は読みづらいのか。もちろん、その理由のひとつは、これがきわめて長大な小説だからである。拙訳では五〇〇頁前後の文庫本で五冊の分量にもなる。また、登場人物が一〇〇名を超え、主要な人物のみならず、副次的な人物の生い立ち、容貌、性格まで一人ひとりできるだけ丁寧に描き出され、作品世界を多重、多彩にする反面、ストーリーの展開を複雑にしている。さらに、さきに述べたように、小説のなかに「哲学的な部分」、つまりかなり長い逸脱、余談が相当数挿入されているので、読者はしばしば途方に暮れることがある。

これらの困難を乗りこえるには、あらかじめ作品の構造のパースペクティブ、つまり大体のアウトラインを心得ておくことが有益だと思われる。登山をするにも地図があったほうがいいのと同じことだ。

小説の構成とあらすじ

『レ・ミゼラブル』は第一部「ファンチーヌ」、第二部「コゼット」、第三部「マリユス」、第四部「プリュメ通りの牧歌とサン・ドニ通りの叙事詩」、第五部「ジャン・ヴァルジャン」の五部から成っている。各部はそれぞれ篇に分かれ、第一部から第三部までは八篇、第四部は一五篇、そして第五部は九篇ある。さらにこの各篇が章に分かれ、全巻で計三六三章になる。たとえば、第一部第一篇には一四章あり、それぞれ第一篇「正しい人」、第一章「ミリエル氏」といったように題名がつけられている(そこで、本書の引用箇所は(1-1-1)のように部、篇、章の順に記すことにする。なお、訳文はちくま文庫の拙訳である)。

つぎに、小説のごく簡単なあらすじを示しておこう。

第一部「ファンチーヌ」

ブリ地方のファヴロルの枝打ち職人だった二五歳のジャン・ヴァルジャンは、寡婦の姉とその七人の子供を養わねばならないという、「貧困に取り囲まれ、ぎりぎりと締めつけられる悲惨な」毎日を送っていた。厳しい冬がやってきたというのに仕事にもありつけず、家に食べる物がなくなって、しかたなくパンをひとつ盗もうとして取り押さえられた。そのため、五年の徒刑を言い渡され、服役中に何度も脱走を試みたが失敗、脱走のつど刑が加重されて、結局一九年間トゥーロンの徒刑場で過ごすことになった。

一八一五年一〇月になって、ようやく釈放され、四日間歩いてディーニュの町にたどり着いたが、所持を義務づけられた前科者の黄色い旅券のためにどこでも追い返され、くたびれはてているうえに寝食もままならなかった。そんな彼を迎え入れ、寝泊まりさせ、食事をともにしてくれたのは、高徳で名高いディーニュの司教ミリエル氏だった。しかしその翌日、徒刑場で身についた悪癖から、司教館の銀の食器を盗んで逃亡し、憲兵に捕まる。ところが意外にも、司教はその食器はジャン・ヴァルジャンのものだったと明言して彼をかばい、赦したばかりか、さらに餞別代わりに銀の燭台まであたえてくれた。彼は心底感動し、感謝したが、そのあと野原で出会った煙突掃除の少年プチ・ジェルヴェから、無意識の出来心で四〇スーを奪ってしまったことで深い自責の念に駆られ、ようやく良心にめざめて改心、以後ミリエル司教を崇めつつ、贖罪のために精神の向上に努めるようになった。ただ、少額だとはいえプチ・ジェルヴェから奪った事件は前科者の余罪になり、終身懲役(もしくは死刑)の刑罰の対象になるので、以後たえず名前を変え、ずっと身分を隠さざるをえなくなる。

ファンチーヌはモントルイユ・シュル・メールの孤児で、一五歳のときにパリに出てきてお針子になった。彼女は学生のトロミエスと恋仲になったが、やがて捨てられ、このときすでに子供を宿していた。翌年、女児コゼットを生んだが、パリで働きながら幼子を育てるのは無理だと知り、故郷の町に帰る決心をする。その途中、モンフェルメイユで旅籠兼安料理屋を営んでいるテナルディエ夫婦に出会い、養育費を払って当分コゼットを預かってもらうことにした。久しぶりに見る故郷の町はすっかり様変わりしていたが、それは黒ガラス装飾品の製造に画期的な変革をおこなったマドレーヌ氏(ジャン・ヴァルジャンの変名)のおかげであり、彼女はさっそくその工場で働くことになった。だが、彼女の美貌が同僚たちの嫉妬を招き、「未婚の母」だと密告されて工場を解雇される。

そんな彼女の不幸にさらに追い打ちをかけたのは、滞った養育費のほか、コゼットの架空の衣服費、医療費などをやんやと催促してくるテナルディエからの手紙だった。彼女は貧窮に追い詰められるが、コゼットのために髪を売り、歯を売り、最後に体を売らざるをえなくなる。公娼としてすさんだ日々を送っていた彼女は、ある夜、ひとりの田舎紳士に背中に雪を入れられるという悪ふざけをされてもめ事になり、警部ジャヴェールに六か月の監獄行きを命じられる。そこにちょうど居合わせて一部始終を見守っていたマドレーヌ氏が介入し、彼女は釈放される。

この町の市長になっていたマドレーヌ氏は、じぶんの知らないところでファンチーヌが工場を解雇された事情を知って心を動かされ、すでに深刻な病状だった彼女をじぶんの家の看護室に入れて看護させ、テナルディエの手から娘のコゼットを取りもどしたいという彼女の最後の希望を必ず叶えると約束する。

ところが、そうこうするうちにジャン・ヴァルジャンと思われる男が、リンゴを盗んだ廉で裁判にかけられるという報告がジャヴェール警部からマドレーヌ市長にもたらされる。顔つきなどは似ているし、証言もそろっているとジャヴェールが言うものの、まったくの別人だとだれよりも知っているジャン・ヴァルジャン本人は、成り行きに任せてその男シャンマチューにトゥーロンで終身懲役に服役してもらって、じぶんは尊敬される市長のままとどまるか、それとも良心に従ってすべてを投げうち、みずから名乗り出て、その哀れな男を救うかの選択を迫られるが、さんざん煩悶したすえに後者を選ぶ。その結果、ファンチーヌとの約束を果たせないまま、ふたたび警察に追われる身になる。結局ジャン・ヴァルジャンは逮捕され、徒刑場に送られることになるが、黒ガラス装飾品の製造工場の経営で稼ぎ、貯めていた六十数万フランの現金をモンフェルメイユの森の秘密の場所に隠すだけの時間がかろうじてあった。他方、ファンチーヌはコゼットに再会できないまま、絶望のうちに死んで共同墓地に葬られる。

第二部「コゼット」

八年ぶりにトゥーロンの徒刑場に連れもどされ、九四三〇号と呼ばれる囚人に逆戻りしたジャン・ヴァルジャンは、労役をしていた軍艦の水夫が海に落ちようとしているところを助け、その隙に海に飛び込んで奇跡的な脱獄に成功する。彼は身元を隠してパリに出てきて、ロピタル通りの「ゴルボー屋敷」に質素な住まいを借り受ける。そのあと、いよいよファンチーヌとの約束を果たすために、モンフェルメイユのテナルディエのところにいるコゼットに会いに出かける。

まだ八歳にもならない彼女は、女中代わりにこき使われ、打擲《ちょうちゃく》されて、見るも痛ましい境遇にあった。ジャン・ヴァルジャンはテナルディエに手切れ金を渡して、そんな哀れな少女を救い出し、いっしょにパリの「ゴルボー屋敷」に落ち着く。しかし、しばらく平穏な暮らしをしていたふたりの存在も、やがて「借家人代表」の老女の通報で、パリに転任していたジャヴェールの知るところとなり、ふたりは夜陰に紛れて「ゴルボー屋敷」から逃げ出さざるをえなくなる。ジャン・ヴァルジャンが幼い子をつれ、ジャヴェールが率いる官憲に追跡されながら、何度も危ない橋を渡ってようやく忍びこんだのは、男子立ち入り厳禁のプチ・ピクピュス修道院だった。当然、そこは安全な隠れ家にはならない。

ところが彼は、その修道院の庭で思いがけずフォーシュルヴァン老人に出会う。それは彼がマドレーヌ市長になるすこし前に、馬車の下敷きになっているところを命がけで救ってやった男だった。そしてこの老人の忠告と努力のおかげで、たまたま死んだ修道女の身代わりに棺にはいって修道院から一度抜けだして埋葬される墓までいき、そのあと墓から脱出することで、ジャン・ヴァルジャンはフォーシュルヴァンの弟の庭師として、コゼットは寄宿生として、正式の許可を得て修道院に入り直すことができた。こうして五年間、穏やかな年月が流れる。

第三部「マリユス」

第二部の第一篇「ワーテルロー」の最後の章で、ワーテルローの戦場の戦死者から略奪する徘徊者がいて、ナポレオン軍の仮死状態の大佐から財布を盗んだ直後に、大佐が意識を取りもどすという場面があった。その徘徊者がテナルディエであり、大佐の名前はジョルジュ・ポンメルシーだった。

この部で初めて登場するマリユス・ポンメルシーはその大佐の息子だったが、大佐がナポレオン軍の残党として貧しい暮らしをしていたので、王党派の祖父ジルノルマン氏の手で育てられた。しかし、父親の死、そしてサン・シュルピス教会のミサでたまたま知り合った教会財産管理委員のマブーフ氏から、息子の顔を見たさにときどきお忍びでその教会にきていた父親のことを知らされたのを機に、徐々にボナパルト主義にめざめて祖父と対立するようになる。やがて父親のことで祖父と激しい口論になって家出し、「ゴルボー屋敷」で貧しい学生生活を送るうちに、アンジョルラス、クールフェラックら革命派の秘密結社《ABCの友の会》のメンバーと知り合いになる。

その「ゴルボー屋敷」にはすでにジョンドレットと名前を変えたテナルディエ一家が引っ越していた。テナルディエは多額の負債を払いきれずに破産して、モンフェルメイユからパリに出てきて、慈善家たちに援助を求める嘆願状を手当たりしだい送りつけ、恵んでもらう僅かな金で極貧の生活をしていたのだった。その彼が窮乏に耐え切れなくなって、一攫千金をもくろんで目をつけたのは、いつも若い娘(コゼット)を連れて教会にくるルブラン氏という慈善家(ジャン・ヴァルジャン)だった。じつはジャン・ヴァルジャンはコゼットの将来を思って修道院を出て、いつでも身を隠すことができるようにと、プリュメ通りの家の他ふたつのアパルトマンを借りて、用心しながら「年金生活者」としてひっそりと暮らし、今や美しい少女になったコゼットをときどき散歩に連れ出していたのだった。

マリユスは、リュクサンブール公園でこの少女を見かけ、やがて激しく恋するようになり、身元を知ろうとふたりを追いかけ回すようになるばかりか、ある日アパルトマンのひとつにまで付いてくる。不安を覚えたジャン・ヴァルジャンはそのアパルトマンを引き払って、プリュメ通りの家に移ってしまう。行方をくらまされたマリユスは、悶々とした絶望の日々を過ごすことになる。そんなあるとき、隣人のジョンドレット一家の姉娘(エポニーヌ)が無心の手紙をもってくる。その姿があまりにも哀れだったため、彼は一家の貧困に同情を寄せ、関心をもつようになる。たまたま、自室の壁にちいさな穴があいていて、そこからジョンドレット一家の無残なあばら屋が一望できた。

ある日、慈善家のルブラン氏が娘をつれてジョンドレットのあばら屋に姿を現し、冬場をしのげる衣類を届ける。マリユスはさんざん捜していた〈彼女〉をとうとう見つけたのだが、品物ではなく、滞納している家賃を払うための現金を求めたジョンドレットの願いに応じ、ルブラン氏は六時にまたくると言い残し、コゼットとともにいったん帰宅する。マリユスはあとを追ったが無駄に終わる。その後、彼がふたたび壁の穴から隣家を窺っていると、なかの話の様子からジョンドレットがじつはテナルディエという名前であり、父親から「ワーテルローで命を救ってくれた恩人だから、よくしてやってくれ」と遺言されていた当人だと知って驚き、困惑する。また、テナルディエがパトロン・ミネットという名うての盗賊団に助力を頼んで、もどってくるルブラン氏を待ち伏せし、監禁して恐喝する準備をしているのを見て仰天し、警察に通報する。

やがて、ひとりでもどってきたルブラン氏は、たちまちテナルディエの一味の捕虜にされ、さんざん脅迫されるが頑強に抵抗し、人質にされかねないコゼットのいる住所だけはけっして明かさない。業を煮やした一味がルブラン氏を殺そうとしていたところ、マリユスのとっさの機転のおかげで、ジャヴェールが率いる警察に踏み込まれ、一味の大半が逮捕されて監獄に送られる。しかし、この逮捕騒ぎの隙に乗じて、ルブラン氏は逃亡し、ジャヴェールを大いに悔しがらせる。

第四部「プリュメ通りの牧歌とサン・ドニ通りの叙事詩」

ジャン・ヴァルジャンは、以前から最愛のコゼットが年とともにだんだん美しくなり、少しずつ変わっていることに気づいていて、やがてだれかを愛しはじめ、じぶんから離れていくのではないかと心配していた。リュクサンブール公園近くに別に借りていたアパルトマンから、急にプリュメ通りの庭付きの家に移ったのもその危惧からだった。それでもマリユスが、エポニーヌの手引きでついにコゼットと再会し、夜の庭で逢瀬を重ねるのを妨げることはできなかった。ただ彼は何となく胸騒ぎを抑えきれず、一家でイギリスに移住する計画をたてる。

そのことをコゼットから聞かされたマリユスは窮余の一策として、ひさしぶりに祖父のジルノルマン氏に会いに行って、コゼットとの結婚の許可を求める。二五歳まえだと結婚には親権者の許可が必要だったのだ。案の定、祖父は身分違いを理由に強硬に反対する。翌日、彼はそれでも約束通りプリュメ通りに出かけたが、コゼットは姿を見せない。ジャン・ヴァルジャンが彼女を連れてさらに別の場所に引っ越していたからだ。絶望したマリユスは、その日に勃発した民衆蜂起を主導するアンジョルラス、クールフェラックら《ABCの友の会》の仲間に会いに、バリケードのあるサン・ドニ地区のシャンヴルリー通りに向かう。そしてバリケードのなかで遺言のような別れの手紙をコゼットに書いて、蜂起に参加していた少年ガヴローシュに託す。ところが、ガヴローシュの失策のためこの手紙がジャン・ヴァルジャンの手に渡ってしまう。ちょうどコゼットがマリユスに書いた手紙を見て動揺していたジャン・ヴァルジャンは内心喜び、憎きライバルの最期を見届けようとシャンヴルリー通りに赴く。

ガヴローシュは両親のテナルディエ夫妻から愛されず、パリの浮浪児になっていたが、心が優しく快活で、ちょっと茶目っ気がある少年だった。ろくに着るものもなく路上で震えている少女にじぶんのショールをやったり、じぶんがなにも食べていないのに、困窮におちいったマブーフ老人の庭に、知り合いの悪党モンパルナスが手に入れた財布をかすめ取って投げ入れてやったり、里親に見捨てられ、途方にくれていたふたりの子供(じつは彼の弟たち)の面倒を見てやり、それと知らずに父親の脱獄の手助けもする(しかし父親は彼に気づいてくれない)。そのあと、なんのためらいもなく嬉々としてバリケードに立てこもり、蜂起者に紛れ込んだジャヴェールを見つけ出したり、バリケードの外にある敵の弾丸を集めてきたりして、仲間からおおいに信頼されている。

そして小説はいよいよ最大の山場、一八三二年六月五日、共和派のラマルク将軍の葬儀の途中で勃発した蜂起の悲劇を語ることになる。この戦闘のなかで、一団に加わっていたマブーフ老人はバリケードの旗を立て直す危険な役目を買って出て、「共和国万歳！」と叫びながら死んでいき、エポニーヌは密かに愛していたマリユスをかばって命をおとす。ためらっていたマリユスは決然として戦いに参加し、ガヴローシュと友人のクールフェラックが危ういところを救う。それから火薬の樽をもってバリケードのうえにすっくと立ち、発火するぞと敵方を脅して一時退却させる。だが、大軍に取り囲まれた蜂起者たちは孤立し、しだいに追い詰められていく。

第五部「ジャン・ヴァルジャン」

民衆の苦しみを見かねて立ち上がった《ABCの友の会》のメンバーは《コラント亭》を本拠とするバリケードに立てこもって、兵力が一対六〇の劣勢のなかで英雄的に戦っていた。ところが彼らが当てにしていた民衆は蜂起せず、約束されていた軍の一部の裏切りもない。時間が経つうちに戦闘員も、弾薬も、食料もだんだん尽きてきて、ガヴローシュ、《ABCの友の会》の仲間のコンブフェール、クールフェラック、アンジョルラス、さらに落ちこぼれのグランテールまでが他の蜂起者たちとともに次々と壮絶な死をとげていく。

一方、ジャン・ヴァルジャンは最初、戦いを傍観していたが、遠くにいる敵の歩哨の鉄兜を撃って退散させたり、外に出てバリケードを補強するマットレスを取ってくるなどして、アンジョルラスらに「救い主」として信頼されるようになり、捕虜となっていたジャヴェールの処刑を任される。ところが、彼は空砲を放ってジャヴェールを殺さず、こっそりと解放してやる。それればかりでなく、重傷を負い、気を失いかけているマリユスを背に担い、まるでコゼットの幸福を妨げようとしたじぶんを罰するかのように、マリユスを助けるため、暗い下水の地下道にもぐりこみ、死の危険を冒しながら、なんとか出口をみつける。

そこに待っていたのはテナルディエだったが、ジャン・ヴァルジャンの顔が泥まみれだったうえ、地下道の光線の具合で彼だとは気づかれない。ようやく外に出ると、今度はジャヴェールが待っている。ジャン・ヴァルジャンは逮捕を覚悟し、捕まるまえに担いでいる青年を自宅に戻したいと頼んで、マリユスをジルノルマン氏のもとに運んでいく。それから、コゼットに事情を説明し、また家の整理をするために帰宅することを願い、ジャヴェールに同行を求める。ところが、ジャヴェールはジャン・ヴァルジャンを家に残したまま立ち去り、逃走犯を逮捕すべき義務を果たさなかったじぶんを責めて、セーヌ川に身を投げる。

運良く回復したマリユスが、コゼットとの結婚の許可を祖父に求めると、今度は易々と認めてくれ、また内心の葛藤を克服したジャン・ヴァルジャンも六〇万フランほどの持参金をコゼットに用意してやる。しかし彼は様々な書類の署名をジルノルマン氏に任せ、結婚の祝宴にも出席せず、コゼットとマリユスが同居を申し出ても固辞する。いつ逮捕されるかもしれないじぶんの正体が明るみに出れば、若いふたりの幸福を台無しにすることが分かっていたからだ。

そして結婚式の翌日、じぶんはフォーシュルヴァンではなく、ジャン・ヴァルジャンという名の元徒刑囚だという秘密をマリユスに打ち明ける。衝撃を受けたマリユスはだんだん義父を遠ざけるようになり、互いに疎遠になる。やがてついにコゼットを失ったと知ったジャン・ヴァルジャンは急速に衰えていき、死を覚悟する。いよいよ死のうとしているとき、ジャン・ヴァルジャンの秘密を教えるという口実で無心にやってきたテナルディエの口から、地下道を通って瀕死のじぶんを助けてくれた恩人こそ義父だったと知ったマリユスが、コゼットとともに駆けつける。こうして若いふたりに看取られて、ジャン・ヴァルジャンは殉教にも似た六四年の生涯を安らかに終える（なお、巻末に年表「小説内の出来事」を付しておいたので、必要に応じて参照されたい）。

演劇的な手法

このようにあらすじをたどってみると、この小説には何度も偶然の一致が重なるメロドラマ的一面があることに気づく読者も少なくないだろう。たとえば、ファンチーヌが背中に雪を入れられ、田舎紳士ともめ事になる一部始終をたまたまマドレーヌ氏が見ていて、ジャヴェールに釈放を命じ、これがふたりが知り合うきっかけになる(1-5-12、13)。ジャン・ヴァルジャンがジャヴェール配下の警察のパトロール隊に追われ、窮地に陥って、たまたま忍び込んだプチ・ピクピュス修道院に、以前命を救ってやったフォーシュルヴァン老人が偶然いてくれたおかげで、その後五年間平穏な生活ができるようになる(2-5-9)。

家出したマリユスは、くしくも以前にジャン・ヴァルジャンと幼いコゼットが住んでいたのと同じ「ゴルボー屋敷」に部屋を借りるが、偶然にもその隣人がジョンドレットを名乗るテナルディエ一家であった(3-8-2)。しかも、この同じ「ゴルボー屋敷」にルブラン氏という慈善家(ジャン・ヴァルジャン)と娘(コゼット)がやってくる(3-8-9)。さらに、マリユスが異変に気づいて、通報した警察の担当者が他ならぬジャヴェールである(3-8-14)。

また、ガヴローシュが助けた路頭に迷っていたふたりの子供はじつは彼の弟たちであり、知り合いのモンパルナスに頼まれて助けた脱獄囚は彼の父親のテナルディエだった(4-6-1、

3)。ジャン・ヴァルジャンがバリケードに着いたとき、蜂起者たちはバリケードから逃がすべき者を五人を選んでいたが、監視の目をあざむくために着ていく軍服が四つしかないことで困っていた。すると「まるで天から降ってわいたように」五着目の軍服が落ちてきた。それまでだれも気づかなかったジャン・ヴァルジャンがじぶんの着ていた軍服を落としてやったのだ(5-1-4)。マリユスが命がけで地下道をくぐってじぶんを助けてくれた恩人の名をやっと知るのはまさしく、ジャン・ヴァルジャンが死のうとしているときだった(5-9-4、5)等々。

このような偶然の一致はこれ以外にも多く見られ、そこに違和感を覚える読者もいるかもしれない。だが、ユゴーは意図的にこのメロドラマ性をふくむ演劇的手法をあざとく小説に取り入れているのだ。彼は有名な『エルナニ』など多くの戯曲を書いてきた劇作家だったが、一八四三年の『城主』の失敗に懲りて二度と劇作をしないことにし、その埋め合わせを小説でおこなおうとしたのがこの作品だったのだから、それも当然といえば当然の話だ。もっとも、小説の場面を多少なりとも演劇化するのは、一九世紀小説の技法のひとつでもあった。

小説中には芝居の話や演劇の比喩が多く使われるし、またたえず悪事をたくらむがつねに滑稽な結果に終わるテナルディエは、さながら典型的な悪漢の役割を次々と早変わりで演じる役者の感がある。さらにコゼットがテナルディエの女房の厳命で、冬の闇夜、森の泉に水を汲みに行かされ、寒さと疲れに途方に暮れていたところ、ジャン・ヴァルジャンがどこからとも知れず不意に現れ、水桶の取手をもちあげてくれる奇跡的な場面(2-3-5)、あるいはこのテナルディエ一家、ジャン・ヴァルジャンとコゼット、マリユスとジャヴェールといった主要人物が「ゴルボー屋敷」で一堂に会する第三部第八篇「性悪な貧乏人」、パリの下水道の出口でジャン・ヴァルジャン、マリユス、テナルディエが出会う第五部第三篇「泥、しかし魂」など、いやがうえにも劇的な山場を演出するようにユゴーは配慮している。

数頁にわたる長台詞

常識はもとより、フロベール以後の近代小説ではおよそ考えられないくらい不自然で長い台詞もまたこの小説の特徴である。たとえば、プチ・ピクピュス修道院のイノサント修道院長はフォーシュルヴァン老人に五頁にわたって修道会の故事来歴、葬儀の仕来りなどの説明をおこなって、さんざん困らせる。《ABCの友の会》の落ちこぼれのグランテールが酔っ払ってくだを巻く台詞は二度あって、最初は五頁半、二度目は六頁に及ぶ。さらに、ジルノルマン氏がマリユスの不在を嘆く長広舌は六頁、マリユスとコゼットの結婚式のスピーチは五頁を超える。書中でもまともに耳を傾けてくれる人物がいないこのようなやや喜劇的な長台詞は、かろうじて芝居の独白としてのみありうるものだろうと、ユゴー学者アニー・ユベルスフェルトは指摘している。また、マリオ・バルガス・リョサはこのような芝居がかった仕掛けが読者に過度な不自然さの印象をあたえないのは、この小説が「現実のリアリティー」ではなく、「フィクションのリアリティー」、つまり事実を超える、あるいは事実とは別の〈真実〉を衝いているからだと述べているが、これは多くの読者が納得することだろう。

大げさな言葉遣い

小説の演劇性とも関わるユゴーの文体の目立った特徴は、誇大な比喩によってかなり時代がかったものに感じられることである。これは人物たちの台詞のみならず、地の文についても言える。

たとえば、パリのお針子ファンチーヌのこんな肖像。

ふさふさした金髪は乱れやすく、すぐに解けてしまうので、たえず結び直してやらねばならなかったが、その様子はまるで柳のしたを逃げていくガラテイア「ギリシャ神話の海のニンフ」にこそふさわしいように思われた。バラ色の唇はおっとりとおしゃべりしていた。

古代のエリゴネ[ギリシャ神話でデュオニュソスの恋人]の仮面のように、口の両端が艶めかしくめくれ、男を挑発するような風情があった。（1-3-3）

（[　]内は訳者注。以下同じ）

あるいはジャヴェールのこんな人相。

スペイン北部のアストゥリア地方の農民たちは、雌狼のひと腹の子にはかならず一匹の犬がいて、この犬は母親によって殺される、さもなければ犬が成長して他の子たちを食べてしまうと固く信じている。

雌狼の息子の犬に人間の顔をつけてやると、ジャヴェールになる。（1-5-5）

きりがないので、もう一例だけ。敗色濃厚なワーテルローの会戦で最後の方陣を指揮していた無名の将軍カンブロンヌは、「勇敢なフランス兵たちよ、降伏せよ！」という呼びかけに、ただ一言「くそっ《メルド》！」と答えた。これをユゴーは「かつてひとりのフランス人が口にしたもっとも立派な言葉」であると言い、こう解説する。

そのような言葉を発してから死んでいく。これほど偉大なことがまたとあろうか!(…)ワーテルローの戦いに勝ったのはカンブロンヌである。(…)じぶんを殺そうとする雷鳴をひと言で粉砕する、それは勝利することである。(…)それは雷にたいする侮辱であり、アイスキュロスの偉大さに到達する。(2-1-15)

いくらなんでも、「くそっ!」をアイスキュロスの偉大さにまで高めるとは大げさもいいところだろう。しかし『レ・ミゼラブル』を読むには、このような芝居がかった文体を苦笑しながらでも楽しんだほうがいい。古風ながら、それなりの独特の魅力があるからだ。

この小説はまた、使用される言語の多様性にも特徴がある。ストーリーを展開する物語体、作者が介入する論説体の他に、書簡、詩・歌謡、ラテン語、スペイン語、隠語まで出てくるのだ。これが小説に厚みと彩り、広がりをもたらす効果をあげていることは言うまでもない。

「哲学的な部分」

ここまで、読者にとっては煩瑣と思われかねない小説技法の特徴を述べてきたが、『レ・ミゼラブル』という小説の最大の特徴であり、また読みにくいといわれる最大の理由は、版元が「哲学的な部分」と呼んだ考察の部分だろう。これらは必ずしも話の筋とは直接の関係はなく、時には登場人物に語らせることもあるが、多くは作者であるユゴー自身の言葉として、その考えが延々と述べられるのである。これはユゴーの長編小説でも、『ノートルダム・ド・パリ』(一八三一年)にも、『海に働く人びと』(一八六六年)にも見られない小説作法である。

代表的な箇所を挙げると、第一部には、主人公のジャン・ヴァルジャンが登場するまで一〇〇頁にわたって、ミリエル氏の高徳を示す様々なエピソードが語られるだけでなく、司教が唯物論者の上院議員や、国民公会の元議員Gと交わす哲学論、歴史・宗教論が長々と述べられる。

第二部の第一篇には九一頁にわたって、ナポレオンが権力の座に返り咲いたあと、永久に歴史の舞台から姿を消すことになるワーテルロー会戦のことが語られる。さらに第六篇から第七篇まで七四頁にわたって、ジャン・ヴァルジャンとコゼットが五年間過ごすことになる修道院の説明のみならず、修道院制度そのもの、さらには作者自身の宗教観が語られる。

第三部第一篇「パリの微粒子の研究」では、やがて登場するガヴローシュの人物像の素描となるパリの「浮浪児」の生態と歴史が三五頁にわたって語られる。

第四部の第一篇「歴史の数頁」では、王政復古時代の終焉からルイ・フィリップの「七月王政〕の成立にいたる歴史認識と考察が三七頁にわたって展開される。また、第七篇「隠語」は三八頁がそっくり、下層階級の隠語の由来と社会的意味について作者の蘊蓄が傾けられる場になり、第一〇篇「一八三二年六月五日」は「六月蜂起」と呼ばれる出来事の歴史的背景が三六頁を費やして描かれる。
そして第五部第二篇「水の巨獣のはらわた」ではジャン・ヴァルジャンが瀕死のマリユスを担いでわたるパリの地下の下水道の歴史が三〇頁にわたって延々とたどられる。この他にも、物語の流れを突如中断し、作者の個人的な思い出や考えを述べる章が随所にある。

このような作者の「哲学的な部分」は、物語の進行を——ときにはあまりにも——遅くして、現代の読者の興味を損ないかねないのは確かである。だが、マリオ・バルガス・リョサも言うように、この部分がなければ、「この小説に固有の力」が失われることも事実である。つまりユゴーはストーリーの統一性よりもテーマの統一性を優先させ、これがかえってストーリーに深みをあたえていると考えるべきなのだ。

「はじめに」で述べたように、本書は、『レ・ミゼラブル』はたんなるロマン主義の冒険小説ではなく、全体小説として読む必要があり、そうでなければこの名作の真価にはふれえない、という前提で書かれている。ただ、「哲学的な部分」にかんしては、もうすこしこの作品の基礎的な事実を知ってから、最終章でユゴーの思想を考察するさいに改めて取り上げるのが適当だと思われる。

執筆の中断と再執筆

というのも、これらの「哲学的な部分」のほとんどが、この小説が最初に執筆されたときには存在しなかったからである。この作品は作家により一度執筆が中断され、一二年以上経ってから再執筆され、完成された仕事だった。「哲学的な部分」はおもにこの時に加筆されたものなのである。したがって、この作品の誕生の経緯とそれにまつわるユゴーの思想の変遷を知っておかないと、「哲学的な部分」を真に理解することはできない。そこでこの小説の執筆の経緯を見てみることにしよう。

ユゴーはこの小説を執筆するまえに、ミリエル司教のモデルとなったディーニュの司教ミリオス、主人公ジャン・ヴァルジャンが一九年間を過ごすトゥーロンの徒刑場の元徒刑囚ピエール・ラモン、あるいはリールの貧民窟やビセートル監獄の実態などについて資料をあつめるなど準備をしていたが、じっさいに『レ・ミゼラブル』を書きはじめたのは一八四五年一一月からである。ただ、このときの題名は『レ・ミゼール』*Les Misères*（貧困）であり、主人公もジャン・トレジャンという名前だった。作家はこの小説を四八年まで執筆しつづけたが、同年の「二月革命」、「六月暴動」の影響で一時中断を余儀なくされた。

その彼が五四年に『レ・ミゼール』を『レ・ミゼラブル』と改題したあと、一二年ぶりにトランクから旧稿を取り出して構想を新たにし、ふたたびこの畢生の大作に取り組んだのは一八六〇年四月、一応の完成を見たのは六一年六月のことだった。その間、彼は原稿を全面的に見直し、（とくに「哲学的な部分」を）書き足して、分量を『レ・ミゼール』の倍にふやし、主人公の名前もジャン・トレジャンからジャン・ヴァルジャンに変えた。小説の題名も主人公の名前も変えたくらいだから、当然その内容も形式も大きく変わることになった。そして全体を何度も推敲し、ようやく六二年四月から六月にかけて三分冊の形でフランス、ベルギーで同時に公刊した。このときユゴーは六〇歳になっていた。

この中断と再開のあいだには、いったい何があったのか。大幅な改稿はなぜおこなわれたのか。それが本書で明らかにしたい主要テーマのひとつである。次章から、ユゴーの伝記的な事実をたどりながら彼の再執筆の意図と目的を探っていくが、それにはユゴーが生きた一九世紀という、歴史上稀に見るほど政治体制が変転した時代の大まかな理解が欠かせない。

フランス革命とナポレオン

周知の通り、一七八九年のフランス大革命はあの沈着冷静なカントさえも驚愕させたほどの大事件であり、フランスおよびヨーロッパの歴史を大きく変え、近代の嚆矢となった画期的な出来事だった。自由、平等、友愛を標語とし、「人権宣言」をおこなった革命はいまでも人類共通の精神的遺産となっているが、このような大変化にはもちろん抵抗、反動が伴った。当時のフランスではこの世界史的な革命を肯定し、民衆とともに継続しようとする者たちが「共和派」(のちに「左翼」)、これにたいして革命を否定し、旧体制《アンシアン・レジーム》の王政にもどそうとする者たちが「王党派」(のちに「右翼」)と呼ばれた。「波瀾万丈の世紀」とも言われるフランス一九世紀は、ほぼこの共和派勢力と王党派勢力との対立、抗争の歴史だったと言っても過言ではない。

これに加えて、革命の共和思想の影響が自国に及ぶのを恐れたプロシア、オーストリア、オランダなどの王政が亡命貴族と結託し、しきりにフランスの国政に干渉し革命の遂行を阻止しようとした。さらに、革命派のなかでも、九三年から九四年の「恐怖政治」の年月には、約四万の死者を出すなど急進派と穏健派の対立が血で血を洗うような戦いになった。

このような統制不可能な大混乱を武力によって終結させたのがナポレオンだった。革命軍の司令官として数々のめざましい軍功をあげ、英名を馳せていた彼は、一七九九年一一月九日、

「霧月《ブリュメール》一八日のクーデター」を敢行し、第一統領になってから絶大な権力を持つようになった。以後彼は中央集権的な体制を作り上げて、一八〇二年には終身統領に、〇四年には皇帝の座についた。ユゴーが生まれたのは〇二年のことだった。

波瀾万丈の世紀

こうして一九世紀、フランス人の愛国心を大いに高めた偉大な第一帝政がはじまったが、ナポレオンは領土的野心と革命の理想を広めるという使命感によって、周辺の王政各国との戦争をつづけて勝利し、ヨーロッパの盟主になった。だが、ほぼ八年つづいた彼の帝国も一八一二年のモスクワ遠征の失敗を機に徐々に弱体化し、一四年にライプツィヒで、オーストリア、プロシア、ロシアとの戦いに敗退すると、ナポレオンは退位を余儀なくされた。代わって成立したのは革命によって処刑されたルイ一六世の弟、ルイ一八世(革命時に殺されたルイ一六世の長男をルイ一七世として数えている)による第一次王政復古体制であり、ナポレオンはエルバ島に追放された。

だが彼は、ナポレオン戦争の後始末をつけるはずのウィーン会議が長引いている隙をついて、一五年三月にフランスに帰還、権力を奪い返したが「百日天下」に終わり、同年六月のワーテルロー会戦で反フランス同盟軍のウェリントンに完敗した結果、セント・ヘレナに配流された。そこで、ふたたびルイ一八世が復帰して第二次王政復古の時代になり、旧貴族やカトリック勢力などの王党派、保守派が復権することになった。

国王ルイ一八世はやや自由主義的な「憲章」を公布したものの、旧体制にもどそうとする時代錯誤的な政治をおこない、反革命、反ナポレオンの姿勢を貫いた。このルイ一八世が二四年に没すると、弟のシャルル一〇世があとを継ぎ、さらに権威主義的な反動政策を推進した。この過激王党主義の国王は三〇年七月に議会解散、出版の自由の廃止、選挙法改悪を命じる王令を発布、これに抗議したパリの民衆が蜂起して王政復古の時代を終焉させ、シャルル一〇世は退位し、ロンドンに亡命した。

これが「七月革命」と呼ばれるもので、代わって「フランス国民の王」としての王位についたのは、ブルボン王朝の傍系オルレアン家のルイ・フィリップだったが、実権を握ったのは共和派ではなく、ブルジョワジーと呼ばれる新興富裕階層のエリートたちだった。彼らが優先したのは当然みずからの利害であり、民衆の権利や生活改善ではなかった。だから、四八年まで一八年つづいたこの「七月王政」のあいだも、共和派・民衆たちの蜂起、暴動がパリおよびリヨンなど地方でも度々起こることになった。『レ・ミゼラブル』のクライマックスとなる三二年六月の共和派の蜂起もそのひとつであり、ルイ・フィリップが退位に追い込まれた四八年の「二月革命」、これにつづく「六月暴動」も同じである(なお、巻末に年表「実世界の出来事」を掲げておいたので、必要に応じて参照されたい)。

小説の時代設定

以上が一九世紀半ばまでのフランス史の概略である。ユゴーは一八八五年に亡くなり、このあともほぼ一九世紀を生き抜くわけだが、『レ・ミゼラブル』の時代設定はジャン・ヴァルジャンがトゥーロンの徒刑場から釈放される一八一五年一〇月から、死亡する三三年六月までである。つまりエルバ島に流刑になったナポレオンの「百日天下」(一八一五年三月二〇日―六月二二日)のあと、ブルボン王家のルイ一八世の第二次王政復古、「栄光の三日間」と呼ばれる三〇年の「七月革命」によるルイ・フィリップの「七月王政」の成立、そしてこのブルジョワ的政体に不満なパリ民衆の三二年六月蜂起といった政変が相次いだ時期の翌年までである(これはユゴーの生涯でいえば一三歳から三一歳までの時期にあたる。だからこの時期の雰囲気、主な出来事などを体験していた。なお巻末にある年表の「実世界の出来事」と「小説内の出来事」を対照のこと)。

ただ、ユゴーは「著者の権利」と称して、一八一五年のワーテルローの会戦どころか一七八九年のフランス革命にまで遡るばかりか、一八四八年の六月暴動にさえ記述を引き延ばし、彼なりの歴史の考察もおこなっているので、じっさいに扱われている歴史的時間はもっと長いと見るべきだろう。

さきほど、この小説は全体小説であると述べたが、これからはそのなかでも特異な歴史小説、もっと言えば「政治小説」の側面を強くもっている点にとくに注目したい。わが国のこれまでのユゴー研究は「ロマン派の総帥」といったように、もっぱら文学的な視点からなされ、時代の政治に真摯にかかわったユゴーにおける「文学と政治」という重要な観点がほとんど等閑視されていた嫌いがあるからだ。次章から詳しくみるように、ユゴーが文人であるとともに政治家でもあったことを忘れてはならないのであり、『レ・ミゼラブル』もその政治的な側面、とくにユゴーとナポレオン一世および三世との関係を見落とすと、興趣が半減するのも事実なのである。

第2章
ふたりのナポレオンと『レ・ミゼラブル』

第 **2** 章扉
左：《書斎のナポレオン 1 世》ジャック＝ルイ・ダヴィッド画，1812 年
右：《ナポレオン 3 世の肖像》フランツ・クサーヴァー・ヴィンターハルター画，1855 年

ナポレオンとフランス小説

ヘーゲルが「世界精神」の化身を馬上のナポレオンに見たことはよく知られているが、ナポレオン伝説はこんにちからは想像もおよばないほどフランス文学に影響をあたえていた。

モスクワ遠征にまで従軍したスタンダールは、ナポレオンの『セント・ヘレナ日記』や『軍旗』を心の拠り所に王政復古時代の社会に挑戦するジュリアン・ソレルを主人公とした『赤と黒』、ワーテルローの戦いを経験するファブリス・デル・ドンゴの生涯を描いた『パルムの僧院』といった小説ばかりではなく、評論『ナポレオン』も残している。「わたしはナポレオンが剣で成しえなかったことを筆で成しとげる」を座右の銘としたバルザックは、「人間喜劇」のいくつもの作品、たとえば『ゴリオ爺さん』や『田舎医者』でナポレオンを登場させている。ロマン派の詩人、ヴィニーやネルヴァルにもそれぞれナポレオンの偉業を謳った詩がある。

また、フランス文学のみならず、ロシア文学のトルストイ『戦争と平和』、ドストエフスキーの『罪と罰』などはナポレオンなしには構想しえなかった作品である。ユゴーの場合も同じ、というか、それ以上にナポレオン伝説の影響をおおきく受けている。

遍在するナポレオン

ナポレオンはつぎのように『レ・ミゼラブル』冒頭第一行から登場する。

一八一五年、シャルル＝フランソワ＝ビヤンヴニュ・ミリエル氏はディーニュの司教だった。(1-1-1)

この一八一五年という年を、ナポレオンのエルバ島脱出、フランス上陸、百日天下、ワーテルロー敗戦と皇帝退位、第二次王政復古の年と考えなければ、少なくともフランス史ではいかなる意味もない。小説ではつづいて、ミリエルが皇帝戴冠の年、すなわち一八〇四年に教区の用事でパリに赴き、皇帝の叔父であるフェッシュ枢機卿邸でナポレオンみずからの目にとまったことが語られ、その後しばらくして「じぶんがディーニュの司教に任命されたことを知って、すっかり仰天し」たとある。また、この「正しい人」は一八二一年に天寿を全うし、それを聞いたマドレーヌ市長(ジャン・ヴァルジャン)を喪に服させることになるが、これはまさしくナポレオンがセント・ヘレナで死んだ年にほかならない。

右に記した箇所をふくめ、『レ・ミゼラブル』のなかにナポレオン、そしてボナパルトの名前が引かれるのは一一一箇所ほどであり、これはたとえば第二部第一篇第七章「上機嫌なナポレオン」におけるように、立てつづけに何度も名前が出てくる場合でも一回として数えたものである。なお、ユゴーがこの小説を(再)執筆したのは、ナポレオンの甥であるナポレオン三世の専制下だったが、作中で作者が小説を執筆している時期への言及があっても、ナポレオン三世の名前だけはただの一度も引かれない(理由は後述)。

要するに、ナポレオン・ボナパルトは作中人物以外の固有名としてはもっとも多く登場し、しかも作中人物であるファンチーヌの四九回の倍以上も言及されているのである。ファンチーヌは第一部で哀れな生涯を閉じてしまうのだから、この数字は当然だとしても、ナポレオン・ボナパルトの頻出回数は、全巻にわたって登場するジャヴェールの六一回のほぼ倍にあたる。

このように、ナポレオン・ボナパルトはこの小説に「遍在」しているのだ(以上ユベール・ド・ファレーズ著『『レ・ミゼラブル』事典』(ニゼ社、一九九四年)に基づく計算)。

ふたりの男の年代的符合

だが、とりあえずより意味深く思われるのは、ジャン・ヴァルジャンとナポレオンの記述にかかわる年代的符合だろう。第一部第二篇「転落」では、ジャン・ヴァルジャンがトゥーロンの徒刑場で一九年過ごしたあと、ディーニュの町に姿を現したのは「一八一五年十月初旬」とある。ユゴーがどこまで意図的だったのか分からないものの、これはまさにナポレオンがエルバ島を脱出してカンヌのジュアン湾に上陸した七か月後、最終的にセント・ヘレナに配流された三か月後である。しかもジャン・ヴァルジャンが「ディーニュの町にはいってきた道筋は、七か月まえに皇帝ナポレオンがカンヌからパリに向かうのが見られた道筋と同じだ」と明記されている。そして、あたかもナポレオンの足跡をたどるかのように、ドルーオ将軍がディーニュの民衆に向かって、「ナポレオンのジュアン湾上陸の布告を読みあげた」石のベンチ等々のことが語られているのである(1-2-1)。

『レ・ミゼラブル』の記述を勘案すると、ジャン・ヴァルジャンはブリ地方のファヴロルで一七六九年に生まれたことになるが、これはまだ「ナポレオン」にはなっていないナポレオーネ・ブオナパルテが、コルシカのアジャックシオで生まれた年である。つまりジャン・ヴァルジャンとナポレオンは同い年なのだ。ジャン・ヴァルジャンがパンを盗もうとして逮捕されるのは一七九五年冬のことだが、革命軍の士官に昇進したナポレオンは同年一〇月(共和国暦葡《ヴァン》萄《デミエール》月)の王党派反乱を鎮圧して国民公会を救い、内国軍最高司令官にまでなった。このあとのことについては、作中の文章を引用する。

一七九六年四月二十二日、パリではみんながモンテノッテの勝利の凱歌をあげていた。この勝利は革命暦第四年花月二日の、五百人議会にあてた執政政府の通達ではブオナ・パルテと呼ばれているイタリア遠征軍総司令官によって得られたものだった。これと同じ日に、ビセートルの刑務所では、大きな列をつくっている徒刑囚たちに鉄鎖がはめられた。ジャン・ヴァルジャンもその列のなかにいた。（1-2-6）

そして、トゥーロンの徒刑場でジャン・ヴァルジャンはやがてこんなふうに夢想にふける。

ここには看守と警棒を、そこには憲兵とサーベルを、あそこには冠をかぶった大司教を、それよりずっと高いところの、太陽のような位置に、王冠をいただき光り輝いている皇帝の姿を認めた。そのはるか遠くの壮麗な光景は、じぶんの闇夜を一掃するどころか、ますます陰鬱に、ますます暗黒にするように思われた。（1-2-7）

ここで語られているのは、同い年のナポレオンを光、ジャン・ヴァルジャンを影とする対照的な運命だが、この意味についてはのちに考察する。これのみならず、ガヴローシュが二人の幼子を匿うバスチーユの巨象の像はナポレオンが造らせたものだとか、パリの下水の地下道建設に貢献したブリュヌゾーを抜擢したのはナポレオンだったとか、ことあるごとにその名前が出てくる。これには、ユゴーの出自が密接に絡んでいる。

ナポレオンをめぐる両親の思想

今世紀は二歳だった！
ローマがスパルタに代わり、
もうすでにボナパルトのしたにナポレオンが姿を見せ、
あちこちで皇帝の額が
第一統領の窮屈な仮面を破っていた。

そのころブザンソンで（…）
ブルターニュとロレーヌの血を承けて、

青い顔、うつろな目、声を立てない
　ひとりの子が生まれた。

という自作の詩にあるように、ヴィクトール・ユゴーは一八〇二年二月二六日、かつてスペイン領でもあったフランシュ・コンテ地方のブザンソンで生まれた。軍人一族の父ジョゼフ＝レオポール＝シジスベール・ユゴーはロレーヌ地方ナンシー出身のナポレオン麾下の軍人であり、ナポレオンの兄ジョゼフのお気に入りの部下として、将軍にもなった人物だった。この父の任地がライン地方、コルシカ、エルバ島などフランス各地、さらにはナポリ、マドリードといったようにめまぐるしく変わったため、両親はほとんど同居することなく、ヴィクトールがブザンソンで生まれたといっても、そこがたまたま父の任地の一つだったからにすぎない。

母親ソフィー・トレビュシェはブルターニュ地方のナンシーの船長の娘として生まれたが、早くに両親をなくし、独立心が強くしっかりしている反面、強情で不信心な娘だった。ふたりが知り合ったのは、レオポールが一七九三年に反革命の「ヴァンデの乱」を鎮圧するため革命軍の軍人として派遣されたブルターニュのシャトーブリアンという町であり、結婚したのは九六年のことだった。

ふたりのあいだにアベル、ユジェーヌ、ヴィクトールの三人の男子が生まれたが、両親はいたって不仲だった。レオポールの軍務のために同居の時間が少なかったうえ、磊落な男と一歳年上で癇性の女といった性格の不一致もあり、なによりも思想がちがっていた。レオポールは死ぬまでボナパルト主義者、ソフィーは王党派かつ反カトリック主義という変わった女性だった。彼女はヴィクトールの名付け親で反ナポレオン派だったラオリー将軍を匿い、みずからの愛人、子供たちの「理想の教師」としていたが、このラオリーは一八一二年マレー将軍事件（ナポレオンがロシア遠征中、皇帝逝去の虚報をながして政府転覆を謀った事件）に連座して銃殺された。だから、彼女のナポレオンへの反感はますます根深いものとなった。

ヴィクトールは母親、兄弟とともに父がいたナポリ、マドリードに短期的に滞在したが、一八〇九年以後は実質的にパリで母親の手で育てられ、ずっと母の影響下にあり、別の女性カトリーヌ・トマと同棲していた父とひさしぶりに再会し、ボナパルト主義の父の人生を本当に理解できるようになったのは、ようやく二一年六月の母ソフィーの死の後、同年一〇月のことだった。だが、王政復古期には予備役になり、ブロワで侘び住まいをしていた父レオポールも二八年一月に他界した。

ついでながら、ヴィクトールが幼なじみのアデル・フーシェと結婚できたのも、反対していた母が亡くなった二一年のことだったが、父親にはその結婚を快く許可し祝福し、結婚式に参列するだけの時間があった。ユゴーは最晩年の父親と和解することができ、父を誇らしく思うようになった。

ユゴーとマリユス

以上の略記だけでもすでに、同じくボナパルト主義者(ポンメルシー大佐)を父親に、王党主義者(ジルノルマン氏)を保護者とするマリユスのなかに、ヴィクトール自身と類似する要素があることが察せられる。またマリユスもヴィクトールも父親の死のあとにボナパルト主義者になることでも共通している。さらに、ユゴーはこの小説のなかで、マリユスが祖父に連れられていく王党派のサロンの描写をおこなっているが、それを「筆者をこの過去に結びつけているのは——というのも、これは筆者の母親にかかわることだからだが——情愛と崇敬のこもった思い出である」とわざわざ断ってもいる(3-3-3)。

のみならず、骨付き背肉を買い、「初日に肉を食べ、二日めに脂身を食べ、三日めに骨をかじった」(3-5-1)というマリユスが学生時代におくる貧困生活は、かつてのユゴー自身のものとそっくりだったという。そして、マリユスとコゼットとの恋愛と結婚の顚末は、いくつもの細部にいたるまでヴィクトールとアデルとの恋愛の思い出を反映したものだったと、多くの伝記作者が一致して認めている。

つまり、『レ・ミゼラブル』には自伝的な要素が少なからず取り入れられているのだ。そしてこの自伝的な要素はとくにマリユスという人物の造形のためにつかわれ、マリユスは若きヴィクトール・ユゴーの分身だとみなしてもよいのである。だから、ユゴー家とは因縁浅からぬ関係にあったナポレオンのことが作品中に頻繁に取り上げられていたとしても、別に不思議ではなかった。また、ここでは扱えないが、フランスの「偉大さ」を信じ、求める点でもふたりには精神的な共通点があったことも付記しておこう。

ではユゴーはそもそも、どのようなナポレオン像を心に描いていたのだろうか。それは端的に彼の詩作品のなかに見ることができるが、そのまえに彼の本領であるそれまでの詩作のことに簡単にふれておくことが必要だろう。

詩作の神童の王党主義

ユゴーは生涯二五冊ほどの詩集を上梓したが、詩作をはじめたのは一三歳のときからで、一五歳になるまでの二年間で数千行の詩、ひとつのオペラ・コミック、散文のメロドラマ『イネス・ド・カストロ』、散文の五幕の悲劇『アテリーあるいはスカンジナヴィアの人びと』の初稿、叙情詩『洪水』を書いた。その他にも、兄弟のアベル、ユジェーヌと一緒に出していたが一年間しかつづかなかった同人誌に一一二の記事と二二の詩を載せていた。とんでもない早熟ぶりというほかないが、彼がこのような旺盛な創作力を一生保ちつづけたことはなおさら驚嘆に値する。

一五歳になるとアカデミー・フランセーズの詩のコンクールに入選して詩壇にデビュー、二〇歳のときに処女詩集『オードと雑詠集』を公刊した。そのなかに「ベリー公の死」「ボルドー公の誕生」などブルボン王家に関する詩があったことで、当時の国王ルイ一八世にいたく気に入られ、年金一〇〇〇フランがあたえられて、いわば王家のお抱え詩人のようになった。二四年に国王がルイ一八世からシャルル一〇世に代わっても、年金が倍増されるばかりか、翌年ランスでの新国王の聖別式に招かれてもいる。

そして二七年から一七世紀来の古典主義に対抗する新しい文学運動であるロマン派の会を自宅で主宰し、「ロマン主義とは文学における自由主義である」と宣言してその指導者になった。二九年には古典的な規則を無視した『東方詩集』を発表して評判を得るが、この年、史劇『マリオン・ド・ロルム』がルイ一三世をあまりにもグロテスクに描き、ブルボン王家の威厳を損なうとして上演禁止になった。これを機に、彼は抗議の意味で年金を返上し、年来の王党主義と訣別した。その後三〇年にフランス文学史上に名高い劇作『エルナニ』の大成功で、「ロマン派の総帥」と目されるようになり、翌三一年には小説『ノートルダム・ド・パリ』、詩集『秋の木の葉』を発表して、文壇に確固たる地位を築いた。

二七歳までのユゴーは母親の感化で、王党派(つまり、反フランス革命、反ナポレオン)であり、もっぱら文学活動に忙しかったのだから、ナポレオン礼賛の詩を書くはずもなかった。それどころか、「ナポレオン」と題するこんな詩さえ書いていた。

彼は叛徒の兵隊を従えて、前進する、
やがて、ああ、恐ろしいことに、彼の野蛮が
わが祖国を血の河で一杯にするだろう。
フランスよ!　彼の猛威がおまえに諸悪をもたらすのだ!

これなど明らかに当時の王党派の気分を代弁する反ナポレオンの詩句である。

ナポレオン崇拝の詩

そのユゴーがナポレオン賛美の詩を書くようになるのは、一八二八年の父親の死の前後あたりからで、たとえば「彼」と題する詩にこんな一節がある。

そう、あなたが崇拝のためであれ、非難のためであれ、
ぼくのまえに現れるとき、炎のような唇のうえに、
歌がひしめき、飛んでいく。
ナポレオンよ！　あなたは太陽で、ぼくはそのメムノンなのだ。
あなたは我々の時代に君臨する、天使だろうが、悪魔だろうが、
そんなことは一向に構わない。
あなたの鷲が飛翔しながら、固唾をのんでいる我々を運んでいく。
あなたから逃れようとする目も、いたるところであなたを見いだす。
あなたは偉大な影を我々の絵図に投げかける。
今世紀のはじまりに、眩しく暗く、
つねにナポレオンが立っているのだ。

メムノンとは、古代エジプトで、昇る太陽の光線を受けると、楽音を奏でるという彫像のことだから、これは、じぶんは敬愛するナポレオンの先触れになりたいということである。また、「ヴァンドーム広場の記念柱に寄せるオード」のこんな一節。

眠れ、我々はあなたを探しにいくだろう。
そんな日がきっとくる!
なぜなら、我々はあなたを主人とすることこそなかったけれども、
神として戴いているのだから。
なぜなら、我々の目はあなたの悲運な運命に濡れたのだから。
我々はあなたを台座から引き下ろす、
あの汚らわしい綱にぶら下がったりはしないだろう。

あるいは、「ナポレオン二世」のこんな一節。

古い歴史をもつ王家にも国民たちにも、
わが王座の後継ぎを充分に見せたあと、
ナポレオンは興奮し、高山の峰に飛来して、
　とまった鷲さながら、
足元の諸国の王たちをひとり残らず、じっと
　見下ろしつつ、
崇高な姿で、喜びに満ちあふれて叫んだ、
「未来よ！　未来よ！　未来はわたしのものだ！」と。

皇帝の帰還

このような手放しのナポレオン賛美、崇拝の詩は、このほか「ブナベルディ」「戦いに敗れた偉人」などいくつも見られるが、彼の熱狂は一八四〇年一二月五日、ナポレオンの遺言にしたがい、その遺骸が祖国の地にもどされたときに一段と高まる。彼はもちろん廃兵院でおこなわれた儀式に招待されていたが、その場で取ったノート（二一〇頁！）が『見聞録』に残されている。この最後のほうにこうある。

この式典全体に奇妙なごまかしの性格があったことは確かだ。政府はみずから呼び出した亡霊を怖がっているようだった。みんながナポレオンを示すと同時に隠しているようだった。あまりにも偉大、もしくは感動的だったものを闇に残したままだった。現実的なものと壮大なものを多少なりとも華麗な見かけの下に隠し、帝国の行列を軍隊の行列で、軍隊を憲兵隊で、議院を廃兵院で、棺を墓標でごまかしていた。それよりは、ナポレオンを率直に受け入れ、その長所を認め、皇帝として堂々と民衆的に扱うべきだったろうに。

ナポレオンがその偉大さに見合う迎え方をされなかったことに不満をいだいた彼は、「皇帝の帰還」と題する長大な詩を書かずにいられなかった。そのごく一部。

陛下、あなたはあなたの首都にもどられるでしょう、
早鐘もなく、戦闘もなく、争いや激情もなく、
八頭立ての車で、凱旋門の下を、
皇帝の服装で!

神があなたに付き添った、あの同じ門を通って、
陛下、あなたは崇高な車に乗ってお戻りになる。
栄誉と王冠に飾られ、シャルルマーニュのような聖人、
　シーザーのような偉人として。

ナポレオン一族復権運動

ユゴーはこのように熱烈なナポレオン賛美の詩を書いただけではない。この年の翌年に、四度目の挑戦で念願のアカデミー・フランセーズ、つまり一七世紀に創立されたフランス最古・最高の学術団体の会員になったとき、まず前任者の称賛からはじめる伝統を無視して、いきなり、

　皆さま、今世紀の初め、諸国民にとって、フランスは素晴らしい光景でした。ひとりの男がフランスを支配し、フランスをじつに偉大にしたので、フランスはヨーロッパを支配するようになりました。(…)彼は天才、運命、行動によって君主でした。彼にあるすべてが、摂理的な権力の正統な所有者であることを示していました。そのために必要な三つの

最高の条件がそろっていました。出来事、喝采、聖別であります。一つの革命が彼を生み、一つの人民が彼を選び、一人の法王が彼に王冠を授けたのであります。（『言行録』）

とはじめ、二〇分近い演説をほとんどナポレオン礼賛に捧げて列席者を啞然とさせたほどだった。

さらに四七年、長く国外追放されていたナポレオンの末弟ジェロームが帰国を願う嘆願書を貴族院に出したとき、ユゴーは「ナポレオン一家」という演説をおこない、

皆さま、ナポレオンの罪、それは宗教を再興したこと、民法典を制定したこと、フランスをその自然の国境をこえて拡大したことであります。それはマレンゴー、イエナ、ワグラム、アウステルリッツであり、かつて一人の偉大な人間が一つの偉大な国民にもたらした、もっとも華麗な権力と栄光の贈り物であったのです。貴族院議員の皆さま、この偉人の弟がいま、皆さんに嘆願しているのであります。こんにち懇願しているのはひとりの老人、昔の王であります。どうか彼に祖国の地を返してやってください！　ジェローム・ボナパルトはその前半生、フランスのために死ぬという、ただ一つの望みしかもっていませんで

した。その後半生はフランスで死ぬという、ただ一つの考えしかもっていません。どうか、このような願いを却下しないでいただきたい。（『言行録』）

と訴えた。この結果、国王ルイ・フィリップの裁可によって、ジェロームのみならず、やがてユゴーの天敵となるナポレオンの甥、ルイ・ナポレオン（のちのナポレオン三世）も帰国できるようになったのである。

アブラ虫と化す英雄

このように三〇年代から四〇年代中頃まで、ユゴーは骨の髄までボナパルト主義者だった。ところが意外なことに、六二年刊行の『レ・ミゼラブル』のなかでは名前こそ頻出するものの、というか、頻出するがゆえにさらに驚くべきことに、これまで見てきたような、ナポレオンにたいする全面的な英雄崇拝は影をひそめ、むしろ否定的な評価がなされているのである。たとえば、第二部第一篇「ワーテルロー」にこうある。

ワーテルローの勝利者ボナパルト、それは十九世紀の法則ではもう許されなかったのだ。

ナポレオンがすわる席などはない、(…)血煙、死者があふれだす墓場、涙に暮れる母親たち。それらが悲鳴にも似た糾弾の声をあげていた。大地があまりの重荷に苦しむとき、闇から不思議なうめき声がもれ、深淵がそれを聞き取るのである。

ナポレオンは無限のなかで告発され、その失墜が決定されていた。(2-1-9)

また、ワーテルローの会戦についてこう締めくくる。

だが無限にとって、それがなんであろうか？　あの嵐、あの雲、あの戦争、それからあの平和、あの影などは、ただの一瞬もかの広大無辺の目の光を乱すことはなかった。その目のまえでは、草の茎から茎へと飛びうつるアブラ虫も、ノートルダム寺院の塔の鐘楼から鐘楼へと飛翔する鷲も同じなのである。(2-1-18)

ここではナポレオンが一八一五年三月一日にジュアン湾に上陸したときの有名な布告「勝利は突撃の歩調で前進するであろう。鷲は国旗とともに、鐘楼から鐘楼まで飛翔するであろう、ノートルダム寺院の鐘楼まで」が踏まえられている。要するに、「無限」の目から見れば、ナポレオンもなんら偉大なところはなく、アブラ虫と同じではないかと言うのである。

偉大さよりも善良さを

このような醒めたナポレオン観は、じっさいの物語の展開にも見られ、第三部で父の死後王党派からボナパルト主義に転向したマリユスが、共和主義革命派の《ABCの友の会》の集まりでナポレオンを犯罪者呼ばわりしてはばからない仲間に反論して、先に引いたユゴーのナポレオン礼賛の演説によく似たこんな演説をぶつ。

フランス帝国をローマ帝国に匹敵させ、大国民となって大陸軍を産みだし、山が四方八方に鷲を放つように、地上のいたるところに軍を飛びたたせ、征服し、支配し、粉砕し、凱旋につぐ凱旋によって、いわばヨーロッパの黄金の国民となり、歴史を貫いて巨人族のファンファーレを鳴りひびかせ、世界を二度征服する、一度目は征服によって、二度目は驚嘆によって。これは崇高なことだ。そして、これ以上に偉大なことが、またとあるだろうか？（3-4-5）

すると一座がすっかり白け、ただひとりコンブフェールだけがぽつりと、「自由になることだよ」と答える。マリユスは二の句が継げなくなって黙り込み、「じぶんの真情が心中で消え失せるのを感じ」て、これ以後二度とナポレオンの名前を口にしなくなる。

このように『レ・ミゼラブル』では、ユゴーの熱狂的なナポレオン崇拝はすっかり姿を消している。それどころか、ナポレオンは国の内外で多くの死者を出したとか、第一帝政の時代には自由がなかったとかいったように、負の部分が指摘されるばかりか、彼の武勇も偉大さも過去のものとして葬り去られているのだ。

さらにこれとは対照的に、とうてい英雄的とは言いがたかったルイ・フィリップについて、

どういう見方をしても、彼自身および彼の人間的な善意を考慮し、旧い歴史の古い言葉をつかうなら、ルイ・フィリップはかつて王座についた君主のうち最良のひとりだった(…)筆者は、善意が真珠のように珍しい歴史において、善良であった者は偉大であった者よりむしろまさっていると考える。

(4-1-3)

とこれ見よがしに擁護している。このように彼が急にナポレオンに背を向け、統治者の偉大さ

よりも善良さのほうを好ましく思うようになったのはなぜだろうか。それには、四〇年代のユゴーの政治活動が深く関わっている。

ユゴーの政治参加

フランス一九世紀には詩人・作家にして政治家という人物が少なからずいた。ユゴーが年少のころのノートに、「ぼくはシャトーブリアンのようになりたい。それ以外はぜったい嫌だ」と書いていた、そのシャトーブリアンは王政復古時代に外務大臣になった。親友の詩人ラマルチーヌは四八年二月革命後の第二共和国臨時政府の外務大臣、事実上の首班になった。また、国民的に人気のあった詩人ベランジェ、『パリの神秘』で名高い小説家ユジェーヌ・シューも議員になっている。だから、ユゴーが政治活動に関心をもったとしても、なんら不思議ではなかった。

彼が本格的に政治に関わろうとしたのは、三四、五年頃からだろう。というのも、彼はルイ・フィリップの「七月王政」が成立した三〇年の「七月革命」のときも、のちに『レ・ミゼラブル』の第四および第五部で一大叙事詩にまで高めることになる三二年六月の峰起のときも、また三四年の共和派蜂起のさいにも目立った行動はなんらしていなかったからだ。

ただ、ユゴーは政治に参加しようにも、事実上大土地所有者と金融貴族しか選出されない当時の「議会的君主制」の選挙制度においては「法定国民」でなく、被選挙権のない一介の市民にすぎなかった。そこで、三六年からアカデミー・フランセーズ会員に立候補することを決意し、そのための運動をおこなって何度も落選の憂き目にあった。この野心の動機には、たしかに「ロマン派の総帥」としての沽券にかけて、劇作家カジミール・ドラヴィーニュら「古典派」の老人たちがいじましく支配する「不滅の四〇人会」に殴り込みをかけねばならない必要もあったにちがいないが、また彼にとっては、アカデミー・フランセーズ会員の資格だけが「議会的君主制」の国王によって貴族院議員に任命されうる、つまり議会で発言し国政に参加できる唯一の抜け道だったという事情もあった。

公女エレーヌと議員選出

このとき、ユゴーにとんでもない幸運(もしくは不運)がドイツから舞いこむ。三七年にルイ・フィリップの長子、つまり王権継承者のオルレアン公の結婚披露宴が開催された折り、国王ルイ・フィリップに招かれた彼はヴェルサイユ宮殿の「鏡の間」に出かけた。そこで初めて出会ったオルレアン公妃、「広い教養と気高い心、素直な気持ちがにじみ出ている美貌、三拍子そろっていた」(アンドレ・モロワ『ヴィクトール・ユゴーの生涯』)という、メークレンブルク大公国公女エレーヌに言葉をかけられた。たまたまこの公女はフランスの詩人、とくにユゴーの熱狂的な心酔者であり、そのころ三五歳だった本人に、「あなたさまのことは、ゲーテさんともよくお噂をしておりましたが、わたくしは『低いアーチのあるささやかな教会だった!』ではじまる詩が大好きです」と言ったばかりか、朗々とその詩をそらんじてみせたのである。

気が利いて若く美しい女性ファンに弱いのは、別にユゴーにかぎったことではない。ましてこの女性ファンは七月王政の近い将来の王妃なのであった。こうして王家とつながりをもった彼は、念願叶って四一年にアカデミー・フランセーズ会員に選出されたあと、四五年にはルイ・フィリップの勅令によって子爵の爵位を得るとともに、貴族院議員に任命された。以後の彼は、王室の影の顧問といった形になり、生涯ルイ・フィリップに感謝しつづけるとともに、四八年の「二月革命」後もオルレアン公妃摂政制を画策し、パリの民衆の怒りを買うことまでした。

四八年の二月革命と執筆の中断

ともかく晴れて念願の貴族院議員となったユゴーは、議会でポーランド独立問題や表現・出版・演劇の自由などについて発言したりしていたが、議員になって三年目の四八年二月一四日、普通選挙を求めるパリ一二区の改革宴会が政府によって禁止されたその日、仕事もなければ選挙権もなく、前年の大規模な経済恐慌で「貧困」にあえぐ労働者・失業者たちが立ち上がり、「二月革命」が起こる。蜂起をくりかえすたびに容赦なく武力で弾圧され、長らく鬱積していた革命のエネルギーが、ついに巧妙に組織され、政府転覆計画が着実に行動に移されたのである。

その結果、一八年間つづいた「七月王政」、実質はロスチャイルドらの「金融貴族」と結託したギゾー政府があえなく崩壊し、第二共和政の時代になった。そのためユゴーは、執筆中だった小説『レ・ミゼール』を二月一四日に中断せざるをえず、多くの詩人・作家たちと同じく、ついに歴史の渦中に巻きこまれ、いよいよみずからの旗幟を鮮明にしなければならなくなった。

共和国臨時政府と普通選挙

革命勢力に屈してイギリスに亡命したルイ・フィリップの「七月王政」に代わって成立したのは、ラマルチーヌを事実上の首班とする共和国「臨時政府」だった。ユゴーは教育大臣の就任を打診されたが、直前まで貴族院議員だった事情もあって固辞したものの、六月四日の憲法制定国民議会の補欠選挙でルイ・ナポレオンと同時に当選した。

議員としての彼は友人の社会主義者ルイ・ブランが主導する「国立作業場」の設立などの労働政策に反対できず、奴隷制廃止、政治犯の死刑廃止にはもちろん賛成した。

ところで、ユゴーやルイ・ナポレオンが当選したのは選挙制度改革によるものだった。じつは臨時政府は三月五日、来る四月の憲法制定国民議会の選挙に「六か月同一市町村に居住する二一歳以上のすべての男性に投票権をあたえる」旨の政令を公布していた。その結果、有権者は七月王政下の二五万人から一挙に九〇〇万人に急増していた。そしてすぐあとで見るように、やがてこのフランス史上初めて制定された「普通選挙」制度の旨みをたっぷりと味わいつくすことになるのが、共和派ではなくナポレオンの甥、ルイ・ナポレオンだった。もしこの選挙制度改革がなかったなら、第二帝政など考えられなかったことだろう。

六月暴動とその鎮圧

これにはいくつかの段階がある。まず、四月におこなわれた投票率八四パーセントの憲法制定国民議会選挙の結果、当選者八八〇名のうち、ほぼまともな「共和派」だと言えそうな当選者は一〇〇名程度にすぎず、当選議員の多くは、トクヴィルのような、有権者の四分の三が居住する農村地方の「名望家」たちであった。こうして成立した憲法制定国民議会は、臨時政府に代えて、ラマルチーヌ、アラゴなど「遅ればせな共和主義者」からなる「執行委員会」を任命、これに政府の実権をあたえた。

ところが保守派の議会によって政権を委ねられた政府がやったことと言えば、「金融資本の道理」を優先することであって、まずは危機に瀕していた国の金融・信用体制の確立、つぎに失業対策の「国立作業場」計画の骨抜きだった。このように露骨に経済を政治に優先させた「執行委員会」は、労働者や失業者、爾来マルクス゠エンゲルスが世界中に定着させた流行語では「プロレタリアート」の失望と不満、権力にたいする憎悪と怨嗟を掻きたてたのも当然で、これが六月二三日の史上名高い「六月暴動」となって暴発した。

民衆の力を侮り、「金融資本の道理」を盲信し、政治を経済の下女にした「遅ればせの共和派」の素人政治家集団には、この緊急事態の収拾などとうてい期待できないと見た憲法制定国民議会の保守派の議員たちは、慌てふためき恐怖に駆られて、前年に植民地アルジェリアの反乱を非情な武力をもって制圧して勇名をはせた、建前は「共和派」のカヴェニャック将軍にそそくさと全権を委ねた。そして二四日、この非情な軍人は小心翼々としたブルジョワ議員たちの期待に応えて、即刻戒厳令を敷くとともに、即時銃殺者一五〇〇人、他の死者一四〇〇人、逮捕者二万五〇〇〇人という途轍もない弾圧によって民衆蜂起を押さえこんでみせた（このときユゴーが味わった恐怖の体験は『レ・ミゼラブル』第五部第一篇「四方を壁にかこまれた戦争」に抑えようもなく滲み出ている）。

大統領選挙の前夜

こうして右派勢力のもっとも頼もしい軍人政治家になったカヴェニャックは、一二月に予定されていた共和国大統領選挙を視野に収めつつ、軍事独裁体制によって国内の秩序をしばらく回復・維持し、いずれこの強面の軍人が共和国大統領になるだろうというのが、首都パリのもっぱらの評判だった。だが、この将軍（およびその支持者たち）は武力を過信し、「普通選挙」制度というものの怖さを知らなかった。

憲法制定国民議会のほうは、やがて重大な結果をもたらすなどとは思いもよらず、四八年一一月四日に第二共和国憲法をうかうか議決してしまった。パニックに陥って目も眩んだこの反動議員たちは、労働権を「慈悲義務」とし、「公共の安全」のために市民の基本的人権を制限し、アメリカ型の大統領制（任期四年、再選不可）に近い二元的議院制を制定することによって、とにもかくにも民衆の反乱と権力者の独裁をともに予防できたと安堵し、「普通選挙」制度についてはいくらか議員定数の削減をしたにすぎなかった。そして、この共和国憲法の盲点をじつに巧みについたのがルイ・ナポレオンだったのである。

策士ルイ・ナポレオンの登場

ルイ・ナポレオン(一八〇八―七三年)はナポレオンの弟、オランダ王ルイ・ボナパルトとその后、オルタンスの三男として生まれたが、一八一五年のナポレオン失脚後、イギリス、スイス、イタリアなどと亡命先を転々とし、帝政復興をめざして稚拙なクーデターを二度まで企てて失敗した人物である。先述したように、ユゴーの発意で四八年にようやく帰国したが、当初政界ではあまり尊敬されていなかった。とはいえ、ナポレオンの甥だけあって政治的な勘は鋭く、武力によって「ブルジョワジー」を統治できても、フランス全国の選挙民全体を押さえこめないだろうと見抜いていた。

彼には「六月暴動」に先立つ六月四日の憲法制定国民議会の補欠選挙に立候補し、五つもの県で当選するという実績があり、みずからの人気に自信をもっていた。四四年には『貧困の撲滅』という本を上梓した彼の選挙活動は、民衆層に的をしぼり、社会主義的な政策を公約する大衆迎合的なものだった。そして、この融通無碍で稀代の政治的センスの持ち主は、「六月暴動」で手を汚さず、民衆にはあの忌まわしい弾圧を嘆いているように思わせておいて、危機ともなれば決まって出現する、救世主的「英雄待望論」を切り札にしようともくろんだ。ナポレオン崇拝がいぜんとして根強く残っているフランスにおいて、そのような救世主たりうる人物はただひとり、ナポレオンの甥たるじぶんを措いて他にあるまいと踏んだのである。

ユゴーの応援とルイ・ナポレオンの裏切り

こうしたとんでもない権謀術策の才能に恵まれたポピュリストであり、一二月に予定されている選挙で共和国大統領の座を虎視眈々と狙っていたルイ・ナポレオンは、選挙対策の一環としてユゴーを訪れ、慎重に爪を隠した低姿勢で、ぬけぬけとこのようなことを言ってのけた。

こうして私が参上しましたのも、先生のお考えを知ってのことです。こんにち大きな野心を抱く人間にとって範とすべきはナポレオンとワシントンですが、私個人としては、罪深い英雄ナポレオンよりも、善良な市民ワシントンのような人物になりたいと願っています。人がなんと言おうと、私は自由主義者であり、民主主義者なのですから。

この殺し文句に、ユゴーはころりとまいってしまった。自由主義者で民主主義者、かつ「貧困の撲滅」を願うとくれば、まったくじぶんとそっくりではないか。もしこの男がかのボナパルトの甥でありながら、殊勝にも武力でなく国民のための政策を優先する善良なワシントン型の大統領になるなら、文句のつけようはない。そこで彼は八月一日に創刊、政治活動の一環として息子たちに協力させていた新聞《エヴェーヌマン》紙を、さっそくルイ・ナポレオン候補支持キャンペーンの道具に切り替えた。

その結果、彼の予測と願いどおり、そして大方の選挙予想をはるかに裏切って、ルイ・ナポレオンがカヴェニャックその他の候補を楽々と破り、全投票の七二・二パーセント、五五三万票を獲得して圧勝したのである。

ところが、一二月二〇日に大統領に就任するや、ルイ・ナポレオンは「共和主義者なき共和国」と言われるほど、「共和主義者」と名のつく者たちをことごとく排除し、王党派連合政権を発足させるという反動的な荒技に出たのである。

ユゴーは飼い犬に手を咬まれたようなこの裏切りに大いに落胆し、憤慨し、屈辱をおぼえたが、それでもルイ・ナポレオンが一八四九年五月におこなった立法議会選挙にパリ選挙区の「秩序党」の候補者として出馬し、一一万七〇六九票を集めて当選した。

ユゴーの名演説

ただ彼は以後だんだんと左傾化して、共和政を蹂躙したルイ・ナポレオンに協力する気はさらさらなく、何度も「継続審議」になっていた「貧困」に関わる議案がようやく六月下旬に上程されたとき、待ってましたとばかりに発言を求め、舌鋒鋭くこう論難した。

わたしは貧困の根絶が可能だと考えるものであります。貧困の絶滅、それは可能であり、立法府や政府はたえずそのことに思いを馳せるべきでしょう。なぜなら、このような事項においては、可能なことがなされないかぎり、義務が果たされないからであります。（…）この議場では人民に向けた勇ましい演説がなされ、議場裏では選挙目当ての私語がささやき交わされています。ところでわたしは、いやしくも人民の政府が未来、国家の法律を定めようとするにあたり、なにも裏でこそこそ談合などする必要はないと思うのであります。わたしは闇の隠然たる権力を摘発し、明るみに出したい。それこそが、わたしの義務なのであります。

（『言行録』）

これにつづいて、彼はルイ・ナポレオンが推進しようとする集会・結社の自由の禁止、労働者のストライキ権の廃止、出版印紙税による言論の制限、いわゆるファルー法による宗教教育の復活といった反動的な政策にことごとく反対した。

また、政府は政治犯を国外追放できる「流罪法」を四月の議会に上程した。案の定ユゴーはそれに嚙みつき、四月五日の議会で概略つぎのような演説をした。

――ある男が、特別法廷で有罪判決を受けたとする。その者は一部の人間の目から見れば犯人かもしれない。だが、別の観点から見れば英雄だということもありうるのだ。ところが、言論の自由がなく、出版物が検閲される世にも不幸な時代にあっては、一旦判決がなされたなら、その犯人は万人の目に犯人になってしまう。およそ議員たる者はみずからの考えにしたがい、良心に恥じることなく活動してしかるべきだが、たったそれだけのことが、どうやらこの国のお偉方の顰蹙を買うらしい。しかも彼らは、わずかばかり鼻薬を嗅がせてやればその程度の〈良心病〉などたちまち治ってしまうと思し召しのようで、なにごとにつけ国家のため、国民のためには仕方がない、などという結構な理屈で病人を快癒させようとされる。彼らが〈良心病者〉は政治的センスがゼロ、ふつうの人間でないところが逆にメリット、などといった「おためごかし」を口にする程度ならまだしも許せよう。ところが、まことに失礼千万なことに、われわれのことを詩人だと言って罵るのである！

（『前掲書』）

さらにルイ・ナポレオンが共和国の大統領の再選を禁止した憲法の改正(悪)案を提出し、政権の延命を図ろうとした五一年七月、ユゴーは当然この改悪案に猛然と反対した。しばしば野次や不規則発言に遮られる長い名演説だったが、その一節だけを引いておく。

延長とはなにか？　それは終身統領ということであります。終身統領はどこに行き着くか？　帝国であります！　皆さん、そこには陰謀があるのです！　フランスが奇襲によって奪われ、ある日、なぜか分からぬうちに皇帝を戴いているようなことがあってはなりません。(…)なんだと言うのです、かつて我々が大ナポレオンを皇帝に戴いたからといって、今度は小ナポレオンを戴かなくてはならないというのですか！

（『前掲書』）

このような人身攻撃に近い無遠慮な反対論は、ユゴーにしか許されないものだったろう。そして、この法案は否決され、ルイ・ナポレオンにはクーデターしか延命の余地がなくなった。

宰相のクーデターと詩人の亡命

このように「宰相」と「詩人」は睨みあったまま、運命の日を迎える。一二月二日の朝、ルイ・ナポレオンはいよいよ機が熟したと判断、用意周到に準備していたクーデターを敢行して、突如このような布告を出した。「フランス国民の名において、国民議会は解散された。普通選挙は復活した。フランス国民は選挙集会に召集されよう。第一師団管区に戒厳令を命ずる」。

ところが、明白な第二共和国憲法違反のクーデターの翌朝に、なんとも奇怪なことが起こった。たちまちパリ市が軍の制圧下におかれたというのに、これまで何度も反政府蜂起をしてきた労働者、民衆はまるで何事もなかったかのように平然と振る舞っているのだ！　多くの反体制政治家・軍人が続々逮捕されるなか、即時逮捕をなんとか免れたユゴーらのごく一握りの共和主義の政治家たちが「抵抗委員会」を結成してバリケードに立てこもり、一週間ほど必死に「ルイ・ナポレオンは裏切り者だ。彼は憲法を蹂躙した。民衆はみずからの義務を果たすべきだ。共和国の代表者たちは先頭に立って進むだろう。共和国万歳。憲法万歳。武器を取れ！」と抵抗を訴えた。

さらに、軍隊にたいしても、「兵士たちよ、ひとりの男が憲法を破棄したところだ。彼はみずからが人民にたいしておこなった誓約を反故にし、法律を廃止し、権利をもみ消し、パリを血まみれにし、パリを縛りつけ、共和国を裏切っている。兵士たちよ、この男は諸君を犯罪に巻きこんでいるのだ。フランスの兵士たちよ、犯罪に手を貸すのをやめるのだ！」と呼びかけた。

ところが、兵士はもとよりパリ市民の反応はさしてかわらず、バスチーユ地区にいくつかバリケードができただけだった。だがこの一部の民衆の反乱もたちまち冷酷・無慈悲に鎮圧された。ユゴーや社会主義者ルイ・ブラン、奴隷解放運動を主導したシェルシェルなど共和派の議員たちは、逮捕・投獄の危険が迫っているために、取るものも取りあえずといった形で、命からがら国外亡命せざるをえなくなった。懸賞金までつけられていたユゴーは、印刷職人の旅券を借りて偽造し、姿も労働者ふうに変装して、汽車でベルギーに逃れた。

一方、マルクスの言うところの「この取るに足らない男」は自信満々に、そのクーデターの是非を同月二一日の国民投票に委ね、なんと投票率八三パーセント、賛成九二パーセントという圧倒的多数を得て合法化してしまった。さらにこの一年後、五二年一二月二日にナポレオン三世を名乗り、以後一八年にわたる第二帝政を開始したのだった。まさしく、ユゴーの予感・

予言通りの結果になったのである。

ルイ・ナポレオンがユゴーらの追放令に正式に署名したのは五二年一月九日だった。これ以後彼は一八年間、フランスの地を踏むことなく亡命生活をおくることになる。これまで述べてきた政治活動と亡命に関わる心労のため、彼には四八年に中断した『レ・ミゼール』をふたたび取り上げる暇も、心の余裕もなかったのも無理はない。ただ、それでもやがて十全に展開することになる確固とした小説のテーマを手に入れていた。それは共和主義というテーマである。

これまでの彼は権力の中枢が変わるにつれ、王党主義、君主制民主主義、穏健社会主義と政治的な主義をころころと変えてきて、そのことを日和見主義として非難する者たちもいた。そしてこの批判はあながち的外れでもなかった。だが、この時期の政治活動と国外追放により、彼は初めて、そして最終的に共和主義者としての自己を確立したのだ。必ずしも政治的意図はなかった冒険小説『レ・ミゼール』とちがい、『レ・ミゼラブル』の語り手が一貫した共和主義者となり、小説のなかでわざわざ大革命以後のフランス史をたどり直したり、一八三二年の六月蜂起を取り上げ、共和政の理想を謳いあげるといったことは、彼の議会活動そして、ルイ・ナポレオンとの対決なしには考えられなかっただろう。

だが、『レ・ミゼラブル』執筆再開までにはもうすこし時間がかかる。彼が「内面の革命」

と呼ぶナポレオンとの訣別という課題が亡命後に残されていたからである。その理由と経緯を次章で見ることにしよう。

第3章

再執筆とナポレオンとの訣別

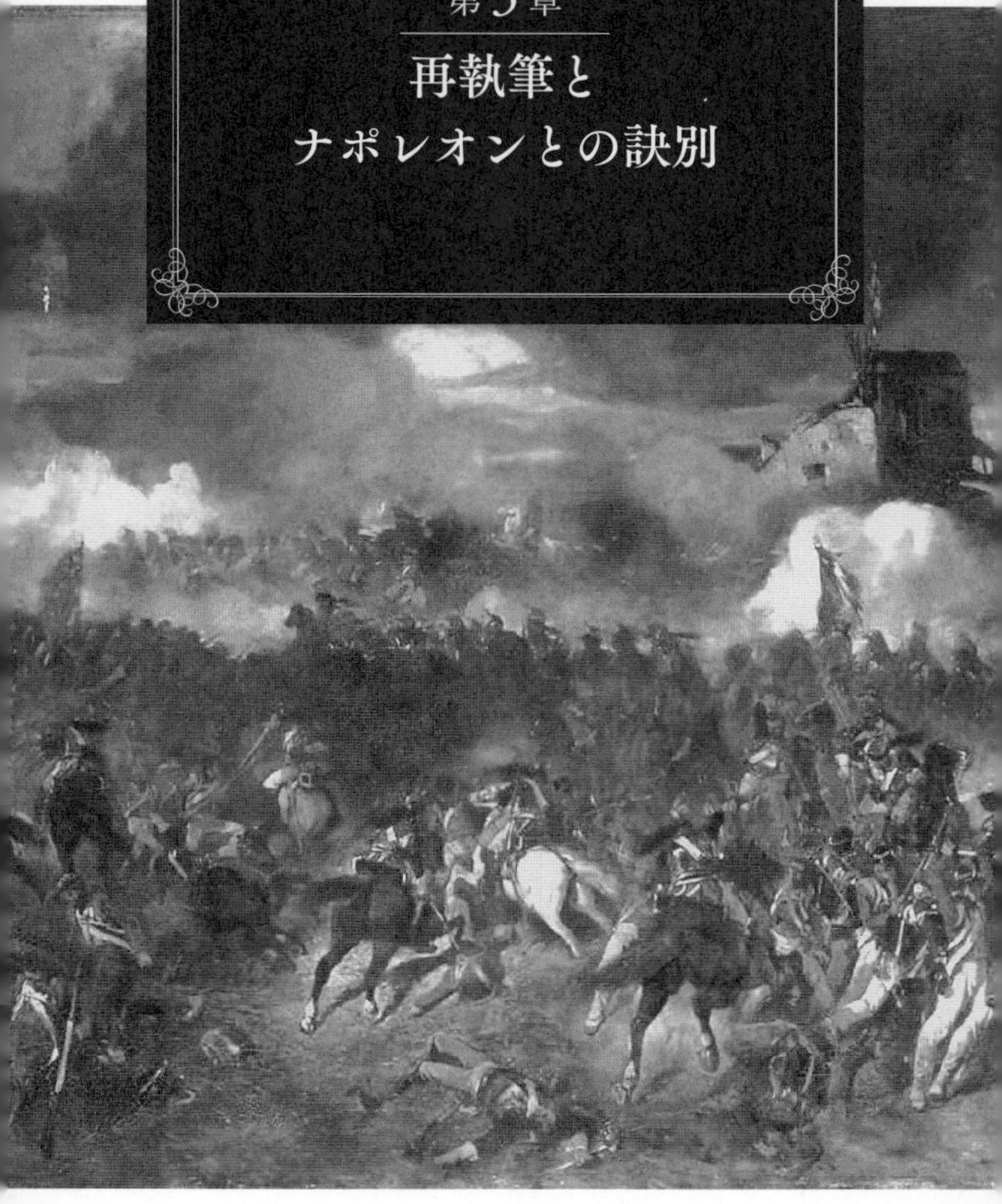

第 3 章扉
《ワーテルローの戦い，1815 年 6 月 18 日》
クレマン＝オーギュスト・アンドリュー画，1852 年

亡命作家ユゴーの反撃

ユゴーにとって亡命は決定的な出来事だった。だから彼はみずからの創作活動を亡命前、亡命中、亡命後に区分することを好んだ。そこで多くのユゴー研究者・論者も通常この区分にしたがう。そして彼らが一様に注目するのは、亡命期(一八五一—七〇年)におけるこの作家の驚くべき変貌と威光、旺盛な創作力のことである。たしかに心ならずもではあったが、みずからの義務をせいいっぱい果たした国内の政治活動からしばし解放され、作品執筆に大半の時間を割けるようになって、『懲罰詩集』、『静観詩集』、『諸世紀の伝説』、『レ・ミゼラブル』、『ウィリアム・シェイクスピア』など、次々と後世に残る詩や小説、評論を発表したこの時期を、質量ともにユゴーの全盛期とみなして間違いない。ユゴー自身もこの時期のノートに、「私はだんだん追放をよいものと思うようになってきた。この三年来、私はじぶんの頂点にあるように感じている。たぶん私は流刑地で死ぬことになるだろうが、一回り大きくなって死ぬだろう」と記している。

そのユゴーが祖国を追われ、一八五一年一二月一二日の朝、ベルギーのブリュッセルに着き、宿に落ち着いてから最初におこなったのは、まだ記憶が新しいうちに、一二月二日のクーデターから四日間の出来事を詳細に記録する『ある犯罪の物語』を書くことだった。これは猛烈なスピードで五二年五月に仕上がったが、そのあまりの激しさにロンドンの出版社が刊行をためらい、また続々と集まってくる証言の整理がつかなかったために完成できなかった(『ある犯罪の物語』は後の一八七七年になって刊行される)。

そこで、一か月ほどでパンフレット『小ナポレオン』として『ある犯罪の物語』を書き直し、八月五日に出版した。ただ、陰に陽につねにフランスの圧力を受けているベルギー政府との軋轢を避けるため、事前に英仏海峡の英領ジャージー島に居を移していた。ユゴーが『小ナポレオン』で書いているのは、クーデターの違憲性、クーデター後の弾圧、クーデターを追認した国民選挙の不正、ルイ・ナポレオンの人格、抵抗の呼びかけなどだが、その内容を簡単にまとめておこう。

冊子『小ナポレオン』の主張

①クーデターの違憲性について

ルイ・ナポレオンは四八年一二月二〇日、大統領就任にあたって、憲法遵守の誓約をした。この憲法三六条には「人民の代表者である議員たちは不可侵である」、三七条には「議員は現行犯でないかぎり逮捕されない」、六八条には「共和国大統領が国民議会を解散したり、延期したり、また国民議会に委託されたことがらの執行を妨げたりする、いかなる措置も国家反逆罪となる」とある。そしてこの行為の一つでもおこなえば、大統領はその職務を失い、国民は大統領に服従を拒否できる。これに照らせば、議会を解散させ、戒厳令を敷き、八四人の議員を逮捕・追放したルイ・ナポレオンは明らかに「国家反逆罪」を犯したのであり、当然失職したのである。

②クーデター後の弾圧について

ルイ・ナポレオンはクーデターのあと、日中パリで老人、子供をふくむ無差別殺人をおこない、「不法な軟禁、財産の没収、夜間の虐殺、秘密の銃殺、委員会による裁判官の決定の転覆、流刑市民一万人、追放市民四万人、没落と離散の家族六万、等々」の大罪を犯した。

③国民選挙の不正について

クーデターの二〇日後、戒厳令のもとでおこなわれた国民投票を信用することはできない。そもそも、政治投票が有効であるためには、投票が自由であること、投票が公正であること、投票数が真正であることの三つの条件が必要である。ところが、投票が精神的、物質的暴力のもとになされたことは、以下の事実によって見当がつく。イヨンヌのある村では世帯主五〇〇人のうち、四三〇人が逮捕され、残りの者が賛成投票をした。そして同様なことは全県に及んでいるのだ。また、いたるところに密偵、密告者がいるうえ、思想・出版の自由がないところには、「卑劣さが集票し、凡庸さが開票し、狡猾さが管理し、虚偽が集計し、虚言が公表した」選挙だったのだから、投票数の真正さは保証されない。

④ルイ・ナポレオンの人格について

彼は「フランスを殺した」男であり、「ナポレオンの名誉を無に帰した」男である。「彼はどんな大罪を犯しても、卑小なままだろう。(…)結局のところ、大国の国民にとっての矮小な暴君である君でしかないだろう。この種の連中は破廉恥さにおいても偉大になりきれない。独裁者である。この男は道化師だ。皇帝になったとしても、異様で滑稽なままだろう」。

この嘲笑は、マルクスの『ルイ・ボナパルトのブリュメール一八日』にある有名な文句、「ヘーゲルはどこかで、すべての偉大な世界史的事実と世界史的人物はいわば二度現れる、と述べている。彼はこう付け加えるのを忘れた。一度は偉大な悲劇として、もう一度はみじめな笑劇として、と」(カール・マルクス『ルイ・ボナパルトのブリュメール18日』植村邦彦訳、平凡社、二〇〇八年)を連想させる。マルクスはこの書で、『小ナポレオン』を参考文献の一つに挙げているが、第二版への序文のなかで、ユゴーを「クーデターの発行責任者に対する辛辣で才気に満ちた悪口だけで我慢している。事件そのものは、彼の場合には青天の霹靂のように現れる。彼はそこに一個人の暴力行為しか見ていない」(前掲書)と難じている。だが、書かれた時期と場所、それまでの経緯を考えれば、ユゴーの私憤と公憤にも無理からぬものがあったと認めてやるべきだろう。

抵抗の呼びかけとさらなる攻撃

それでもユゴーはこう述べている。「だが、こんなことはいつまでもつづくはずはない。国民はそのうちには目を覚ますだろう。寝ている国民を揺さぶり起こすためだけに、私はこの本を書いている。(…)そうだ、国民は、恥辱にほかならないこのような深い眠りから抜け出すだろう」。これは抵抗の呼びかけと言うより、むしろ落胆と期待の言葉だったろう。

以上のような内容の『小ナポレオン』は、もちろんフランス国内では発禁で、これを所持しているだけで逮捕・投獄の危険があった。だから、国外では競って読まれたものの、国内の一般のフランス人には手が届かず、ごく限られた読者しかいなかった。

一方、天敵ルイ・ナポレオンは、ちょうどクーデターから一年後の五二年一二月二日に皇帝ナポレオン三世を名乗り(なぜなら、ナポレオン一世には嫡子のローマ王ナポレオン二世がいたから)、第二帝政を制定して、ますます権力基盤を強固にしていた。

憤懣やるかたないユゴーは、今度は得意な韻文でルイ・ナポレオンを弾劾する『懲罰詩集』を完成、五三年一一月に版元をごまかして出版した。むろん、フランスでは検閲され、発禁になるに決まっていたからだ。そこで、ユゴーのもっとも有名な詩集のひとつであり、ヨハネの「黙示録」にさえ譬えられる『懲罰詩集』からいくつかの詩を取り上げておこう。

懲罰詩集の「預言」

『小ナポレオン』が出版されたばかりのある日、ひとりの忠臣がそれを一冊入手して、ルイ・ナポレオンに進上した。すると、彼は一瞥してから、「みんな、これが大ユゴーによる小ナポレオンだとよ」と言って笑いこけた。この話を伝え聞いたユゴーは「あの男は笑った」と題するこんな詩を書いた。

ああ、おまえは必ず、吠え面をかくことになる、みじめな奴め！
憎むべき犯罪にまだ息を切らしながら、
じつに不吉で迅速な、忌まわしい勝利にひたっているところを、
わたしはおまえを捕らえたのだ、おまえの額に張り紙をしたのだ。

そして今や、群衆が駆けつけ、おまえを罵倒する。
懲罰がおまえを処刑柱に釘付けし、首かせで顎をあげざるをえなくなっても、
わたしに味方する歴史がおまえの上着のボタンをもぎとり、
　肩をむきだしにしても、
おまえは言う、おれは何も感じない、と。そしておまえはわたしたちを
　嘲笑する、ならず者め！
おまえの笑いがわたしの名前のうえにやってきて泡を立てる。
しかし、わたしは赤い鉄棒を握っている、そしてわたしには見える、
　おまえの肉が煙を立てるのが。

激しい怒りと叫び

ここでは、激怒がほとんど殺意に変わっている。また一二月四日のパリでじっさいに目撃した子供の死を思い出してこんなふうに憤り、悲しむ。

その子は頭に二発の弾丸をうけたのだった。

その子の家は清潔で、ささやかで、静かで、きちんとしていた。
見れば、肖像画のうえに祝別された小枝が掛けてある。
年老いた祖母がそばで泣いている。
私たちは押し黙ったまま、子供の服を脱がせた。子供の口は、
　血の気を失ってぽっかり開き、目は死の影にひたされて凄惨だった。
（…）
老婆は言った。
「この子は八つにもなっていなかったんですよ。
どうして殺されたのか、わけをきかせてもらわなくちゃ。
この子は共和国万歳！　なんて叫びはしなかったのに」
私たちは押し黙っていた、立ちすくみ、沈痛な面持ちで
　帽子を脱ぎ、
慰めるすべとてない老婆の悲しみを目にして、
　ただただふるえながら。

さらに、絶望的に国民に抵抗を呼びかける、「眠っている者たちに」と題するこんな一節。

目覚めよ、恥辱はたくさんだ！
砲弾や散弾に刃向かえ。
恥辱はたくさんだ、市民たちよ！
仕事着の腕をまくれ。
九二年の男たち［革命軍の兵士たち］は戦う二〇人の王に立ち向かった。
おまえたちの鉄鎖を打ち砕き、牢獄を押し破れ！
なに！　おまえたちはあのならず者どもが怖いのか！
おまえたちの父親は巨人族に立ち向かったのだぞ！
（…）
おまえたちには武器がない？　構うものか！
おまえのフォークをとれ、ハンマーをとれ！
おまえのドアの蝶番を引き抜き、
マントを石でいっぱいにしろ！

もう一度偉大なフランスになるのだ！
もう一度偉大なパリになるのだ！
怒りに打ち震えながら、解放せよ、
おまえたちの国を隷従から、
おまえたちの名誉を軽蔑から！

これなどほとんどアジ演説に近いが、これ以外にも彼は「あの男に呪いあれ」「皇帝のマント」「ナポレオン三世」などでルイ・ナポレオンを断罪、呪詛し、「懲罰」する詩を書き連ねている。

ユゴーとナポレオンの「贖罪」

ただ、いくらルイ・ナポレオンを呪い、フランス国民に抵抗を呼びかけても、それだけで事がすむ話だろうか。もし「あの広大無辺のナポレオンの光輝を消し去るには、甥のやったようなひどい汚辱が必要だったのだ」と思うのなら、伯父を崇拝するあまり、甥の帰国を可能にし、大統領になるのを支持したユゴー自身もなにかしらの負い目を感じてしかるべきではないのか。

内心忸怩たる思いがなかったのだろうか。「贖罪」と題する長大な詩には、いくらかその負い目をうかがわせる「脱ナポレオン」、ユゴーの言葉では「内面の革命」の試みがなされていると思われる。

この詩はナポレオン時代の終わりのはじまりになったモスクワ遠征、最終的な失墜になったワーテルローの会戦、流刑地セント・ヘレナでの孤独な死、死後のナポレオン伝説の復活などを簡潔にたどったあと、ナポレオンが墓のなかで見る亡霊との会話を語る。このなかで亡霊はナポレオンにこんな糾弾の言葉を投げつける。

皇帝よ、人々はおまえを青い偉人廟から引っぱりだした！
皇帝よ、人々はおまえをあの高い記念柱から引き下ろした！
見ろ。渦を巻いて群がる悪党どもが、おぞましい浮浪者どもが、
おまえを捕まえて、捕虜にしている。
おまえの青銅の足指に、やつらの汚い手が触れる。
やつらはおまえを捕まえた。おまえは死んだ、星が沈むように、
皇帝大ナポレオンとして。

そしておまえは生まれ変わったのだ、
　ボアルネ曲馬団の調馬師として。
なんと、おまえはやつらの仲間になったのだ。(…)
ナポレオン一世よ、おまえの名はやつらのベッドの役目を
　果たしている。
おまえの立てた武勲は、やつらの恥辱を酔わせる
　安物の酒になっているのだ。

ここで「ボアルネ曲馬団」の「ボアルネ」とは、ルイ・ナポレオンの母親とされるオルタンス・ド・ボアルネのことだから、ユゴーはナポレオン一世の名を悪用し汚すナポレオン三世一族やその追従者たちを「曲馬団」になぞらえ、ナポレオンをその「調馬師」に成り下がったとみなすようになっている。また、ナポレオンの武勲もナポレオン三世一派の「恥辱を酔わせる安物の酒」でしかなくなったとも断じている。崇拝が完全な幻滅、さらには辛辣な嘲笑、激しい呪詛に変わっているのだ。そして、崇拝が熱烈であったぶん、それだけよけいに呪詛も激烈なものになる。

この詩の最後の節になって、墓のなかのナポレオンが「どこまでもわたしのあとをつけてくるが、一度も姿を見せない悪魔よ、おまえはいったい誰なのか?」と亡霊に訊ねる。「すると墓は復讐するときの神の明るさにも似た光に満たされて」、「わたしはおまえの犯した罪」だと亡霊は答え、その罪とは「霧月《ブリュメール》一八日」だったと告げる。「霧月一八日」とは、むろんナポレオンがクーデターをおこし、第一統領となって独裁制を敷いた一七九九年一一月九日のことをさし、このクーデターこそがナポレオンの原罪だと断定しているのだ。だから、非合法のクーデターによって権力を奪取し、帝国を築いたという点で、ナポレオン一世もナポレオン三世も同罪であるのみならず、甥の恥ずべき犯罪行為を伯父の惨めな「贖罪」とみなすべきだ、少なくともユゴーにはそう思われたということになる。

こうしてユゴーは、ふたりのナポレオンを同一視し、同列において嘲笑する詩を書くことで、「内面の革命」を果たし、みずからの忌まわしい英雄崇拝的な過去を否認し、彼なりの「贖罪」にしたいと願ったのだろう。つまりナポレオン三世の独裁は、ユゴーにとって長年のナポレオン賛美に終止符を打つ、とどめの一撃になったのだ。そしてこの「内面の革命」がやっと『レ・ミゼラブル』再執筆への展望を開くことになるだろう。

孤高の戦い

『懲罰詩集』の終わりのほうに「結語」と題される有名な詩がある。これはナポレオン三世の帝政にあくまで異を唱え、抵抗しようとした決意を述べる詩であり、まさしく第二帝政が布告された五二年一二月二日に書かれたものだ。その最後のところを引いておこう。

私は二度と見まい、私たちの心を惹くおまえの岸辺を、
フランスよ、私のなすべき義務のほかは、嗚呼！　すべてを
忘れよう。
試練を受ける者たちのあいだに、私はテントを立てよう。
私は追放された者としてとどまろう、毅然と立っていることを
望みながら。

たとえ終わりも期限もないものであっても、
私はつらい亡命を受け入れる、
もっと強固だと思えただれかが屈したかどうか、

当然残ってしかるべき数人がもどったかどうか、
そんなことを知ろうとも、考えようともせずに。

あと千人しか残らなくなっても、よし、私は踏みとどまろう。
あと百人しか残らなくなっても、私はなおスラ［独裁政で名高い古代ローマの将軍・政治家］に
　刃向かおう。
十人残ったら、私は十番目の者となろう。
そして、たったひとりしか残らなくなったら、
そのひとりこそ私だ。

この鬼気迫る覚悟は、むろん言葉だけのものではなかった。じっさい五九年五月にやや自由主義に転じたナポレオン三世が「特赦令」を布告し、ユゴーも望めば帰国することが可能になった。しかし彼は、

私が特赦と呼ばれるものにただの一瞬たりとも注意をはらうなどと、だれにも期待しない

でもらいたい。フランスの置かれた状況にあっては、絶対的で揺るぎなく、永続的な抵抗こそが、私の義務なのである。私はじぶんの良心にたいしておこなった誓約に忠実に、追放された自由と運命をとことん共にする。自由が帰国するとき、私も帰国するだろう。

という声明を出し、以後普仏戦争でナポレオン三世が降伏、退位する七〇年までの一〇年間、家族を犠牲にしつつ、孤高の自発的亡命生活を送ることになる。

自由と良心の象徴として

歴史家のモーリス・アギュロンはこの時期のユゴーに関してこう述べている。

ひとは追放者のうちもっとも名高い人物を舞台に立たせずに、第二帝政のことを語りえない。ヴィクトール・ユゴーとナポレオン三世の対決、それは共和国と帝国の対決であり、この一八年についてはそれ以上なにも言わなくてもいいくらいだ。すべてがこの対立のなかにあるのだから。

（「政治・社会論争におけるユゴー」）

これは第二帝政時代に国外の孤島でひとり共和主義を体現するようであった、亡命作家ユゴーの歴史的重要性を要約するものだろう。こうして共和政と自由という信念を貫くためになされた一八五一年から七〇年までの亡命によって、ユゴーはいわば一八世紀のヴォルテール、二〇世紀後半のサルトルと同じように、あるいはそれ以上に、一九世紀中葉以後のヨーロッパの自由と良心の象徴的存在になって、フランスで畏怖されるのみならず、国際的にも敬意を表されることになった。ちなみにサルトルはユゴーのことを「半ば詩人、半ばアナーキスト、文句なしにこの世紀の王者だった驚くべき男」と評している。

なお、彼がこの期間に求められて他国の政治に介入し、自由と独立、死刑廃止、さらに「ヨーロッパ共和国」のために連帯の書簡を書くとか、新聞に寄稿した事例は、ポーランドに四回、イタリアに五回、ベルギーに一回、アイルランドに三回、スペインに二回、ポルトガルに一回、アメリカ合衆国に五回、メキシコとキューバにそれぞれ二回等々がある。

ワーテルローで見たもの

長い迂回のようではあったが、ここでようやくユゴー自身が「貴族院議員として開始し、亡命者として完了した」と言っている『レ・ミゼラブル』にもどる。

先述したように、彼が五四年に『レ・ミゼール』を『レ・ミゼラブル』と改題したあと、一二年ぶりにトランクから旧稿を取り出して構想を新たにし、ふたたびこの畢生の大作に取り組んだのは一八六〇年四月二四日、一応の完成を見たのは六一年六月三〇日、そして「今朝一〇時に『レ・ミゼラブル』の見直しをすべて完了した」と手帳に書くことができたのは六二年五月一九日、ユゴー六〇歳のことだった。

この間、そしてその後も、みずからの人生・政治経験をふまえて原稿を全面的に見直し、書き足して分量を『レ・ミゼール』の倍にふやし、主人公の名前もジャン・トレジャンからジャン・ヴァルジャンに変えた。ここで、これまでの記述との関連で注目すべきだと思われるのは、一応の完成をみた六一年六月三〇日という日付である。『レ・ミゼラブル』第二巻第一篇「ワーテルロー」の冒頭はこうなっている。

昨年(一八六一年)五月のある朝、ひとりの旅人、つまりこの物語の作者がニヴェルからやってきて、ラ・ユルプ方面に向かった。徒歩だった。二列の並木のあいだの、広い石畳の道を歩いていった。(2-1-1)

このように、じつはユゴーはこの年の三月末から八月末まで初稿にはなかった『レ・ミゼラブル』第二部第一篇「ワーテルロー」の仕上げのためにベルギーに滞在し、時折ワーテルローに出かけていたのである。なぜこの年、この月に、病身のユゴーがわざわざワーテルローを訪れる気になったのだろうか？　ジャン＝マルク・オヴァスによれば、それはまさに一八六一年の五月五日こそ、四〇年まえの同じ月、同じ日にナポレオンがセント・ヘレナで客死した命日だったからにほかならないという(なお以下の記述のうち伝記的部分にかんしては、オヴァスによるユゴーの浩瀚な伝記(ファイヤール社、二〇〇八年)に拠る)。

ユゴーが終生の愛人ジュリエット・ドルーエとともに投宿したのはモン・サン・ジャン村の「オテル・デ・コロンヌ」だった(ここでモン・サン・ジャン、ジャン・ヴァルジャンとつづけて発音してみると、音が見事に響き合うことが分かる)。

ふたりの部屋から見える光景は、「ワーテルローの戦いをはっきり思い浮かべたいなら、頭のなかで大文字のAを地面に横たえるだけでよい」(2-1-4)という名高い一文にある、そのAのてっぺんからの展望にほかならなかった。そこはかつて連合軍の司令官ウェリントンの陣地があったところだ。つまりユゴーは、あたかもナポレオンの乾坤一擲の戦いとその決定的敗北を敵陣から見届けるようにして、この小説を仕上げていたのである。さらに彼は、少なくとも政治よりは素人離れしている絵筆をつかい、Aの横線の中心にあるワーテルロー会戦の記念碑の「ライオン像」のデッサンも残している。

そして五月二二日の日誌に、「わたしは『レ・ミゼラブル』にふたたび取りかかった」と記し、その後しばらくして、秘書のオーギュスト・ヴァクリーにこんな手紙を書いた。

親愛なるオーギュスト。わたしは今朝、六月三〇日八時半、窓にそそぐ麗しい太陽につつまれながら、『レ・ミゼラブル』を書き終えた。(…)わたしはワーテルローの平原で、ワーテルローの月に、みずからの戦いを開始した。この戦いが敗北でなかったと思いたい。

内面の革命

ユゴーが病身にもかかわらず、わざわざワーテルローの平原に出向いて、このように『レ・ミゼラブル』を書き上げたことで深い感慨に浸ったのは、たんなる事実もしくは偶然でなく、もちろん象徴的な意味をもっている。

ワーテルローではじめた「みずからの戦い」とは、ナポレオン崇拝にまつわるみずからの「内面の革命」、「脱ナポレオン」のプロセスであり、いわば最終的にナポレオンを葬り去る儀式として、『レ・ミゼラブル』を仕上げたという意味だろう。『レ・ミゼラブル』はこのような「脱ナポレオン」のプロセスのあとに構想を変えて執筆再開され、完成を見た作品だったのであり、一二年の執筆中断の最大の理由もそこにあったのだ。これは前出の、「ワーテルローの勝利者ボナパルト、それは十九世紀の法則ではもう許されなかったのだ。ナポレオンがすわる席などはない」(2-1-9)という一文でも確認される。だからユゴーにとってこの作品は、とっくにナポレオンのすわる席などなくなっていたからこそ初めて書くことができた小説だったのである。

そしてこの「脱ナポレオン」の完遂は当然、ほとんど一五年近くつづいてきた天敵ナポレオン三世との「みずからの戦い」(ユゴーの別の言い方では「インク壺と大砲の戦い」)において、じぶんが優位に立ち、いずれ帝政が共和政に変わるという信念を伴っていた。じっさい、『レ・ミゼラブル』にはこんなテクストがある。

過ぎゆくこの時期、幸いなことに十九世紀に痕跡を残すことはないであろうこの時期、多くの人間たちがうつむき、気高い魂を忘れているこの一時期に、生きている多くの者たちが享楽することのみを道徳と心得、手っ取り早く見苦しい物質的な事柄ばかりに気を取ら

れているなかで、あえてじぶんの祖国から亡命する者はだれであっても筆者は畏敬する。（2-7-8）

ここは六一年に書かれているのだから、「この時期」とはルイ・ナポレオンの第二帝政の時代である。ユゴーが「皇帝ナポレオン三世」と「第二帝政」という固有名詞をあえて使わないのは、そもそもこの二つの単語のことは口にしたくもなかったことに加え、「手っ取り早く見苦しい物質的な事柄ばかりに気を取られ」て「気高い魂を忘れている」この時期が「十九世紀に痕跡を残すことはない」と固く信じていたからである。

また、五七年にはフロベールの『ボヴァリー夫人』、ボードレールの『悪の華』が「風俗紊乱」の廉で裁判にかけられるほど厳しい検閲制度があった状況を考慮し、国内のできるだけ広範なフランスの読者に共和主義と自由のメッセージを届けるために、検閲・発禁の危険をあらかじめ取り除く配慮をしたのかもしれない。

いずれにしろ、この小説はまさしくバルザックの「わたしはナポレオンが剣で成しえなかったことを筆で成しとげる」という座右の銘が二重にあてはまる作品になった。だから『レ・ミゼラブル』は、ユゴー文学にとっての分岐点、いわばワーテルローだったのであり、その国内的および世界的な成功は、ナポレオン三世の帝政に代わる共和政の復活を予告し、文学の政治にたいする勝利を意味した。それと同時に、小ナポレオンにたいするユゴーの積年の怨念を晴らす復讐でもあった。だからこそ作品を書き終えたときに、「この戦いが敗北でなかったと思いたい」と願ったのである。

この『レ・ミゼラブル』の発表から八年後、一八七〇年にナポレオン三世は普仏戦争で捕虜になり、退位する。そのあとユゴーは「ユゴー万歳！　共和国万歳！」という歓呼を浴びながら預言者のように祖国に迎えられ、七一年に成立した第三共和政の時代には、共和国を象徴する偉人と見なされるようになった。そして八五年五月に世を去ったとき、国葬によってパンテオン（偉人廟）に送られ、その葬列には二〇〇万近い人びとが加わったという。

第4章

ジャン・ヴァルジャンとはどういう人物か

第4章扉
ユーグ版『レ・ミゼラブル』(1879年)の第5部
「ジャン・ヴァルジャン」扉絵(ド・ヌーヴィル画)

ジャン・ヴァルジャンの造形

これまで見てきたことをまとめておこう。ユゴーは一九世紀前半のフランス社会の「貧困」に心を動かされ、ほとんど衝撃さえ覚えながら、作家の良心にかけてそれをテーマにした小説を書くことを決意、執筆しはじめたのだが、その過程で政治に関わり、歴史に翻弄されて、四八年の「二月革命」「六月暴動」、さらに五一年のルイ・ナポレオンのクーデターなどのせいで、執筆の中断を余儀なくされた。そしてその一二年後に亡命地のガーンジー島で執筆を再開したときには、みずからの政治的な苦い経験に基づく新しい視点、つまり共和主義者としての自己確立とナポレオンの呪縛からの脱却から得られた視点に立って自作を再考し、主人公の名前を変え、内容も大きく変更した。『レ・ミゼール』が『レ・ミゼラブル』になるにはそのような「内面の革命」が必要だった。

では、ここで新しく命名されたジャン・ヴァルジャンとはいかなる人物か、ユゴーはどのような人間としてこの人物を描きたかったのだろうか。この人物をどうみるかによって『レ・ミゼラブル』という小説の解釈がおおきく変わってくる。

作者の半ば分身とみなせるマリユスとちがって、ジャン・ヴァルジャンは執筆しながら作者の想像力によって徐々に造形されていった人物である。しかもユゴー自身はブルジョワの高名な詩人で、ある若い女優をめぐって息子と恋の鞘当てをするとか、貴族院議員になった直後、人妻との姦通の現場を警察に押さえられるといったようにとんでもなく性欲盛んな人物であるのにたいして、ジャン・ヴァルジャンは無名で無一物の童貞の徒刑囚であり、なにからなにまで作者と正反対の人物である(ちなみに、この小説の主要な男性の登場人物、ジャヴェールやアンジョルラスもジャン・ヴァルジャンと同じく童貞である。これに関してリョサは、小説がフィクションであることの何よりの証拠だと皮肉っている)。

なぜユゴーがナポレオンと入れ替わるかたちで、このようなじぶんとは正反対の人物を造形し、彼になにを仮託しようとしたのか。それを考えるために、ジャン・ヴァルジャンというフランス文学史上、さらには世界文学史上、もっとも有名な小説の主人公のひとりの言動を、重複を厭わず、第一章で述べた「あらすじ」を補足しつつ、改めてたどり直してみることにする。

ただこれにさいして、次章で扱う彼の宗教観を先取りして、あらかじめ念頭におくべきことがある。それはロマン主義研究の泰斗、ポール・ベニシューの言うように、彼が多くのロマン派の詩人と同じように「理神論者」、すなわち啓示によらず、万人だれしももっている理性の働きに重きをおく「理性宗教」もしくは「自然宗教」の支持者であり、教義、制度としてのカトリックの神を信じなかったが、イエス・キリストについては歴史的な聖なる人物としてその存在を疑わず、好んでいくつもの作品に登場させているということである。

貧困と刑務所が生んだ犯罪者

ジャン・ヴァルジャンは一七六九年、ブリ地方のファヴロルで生まれた枝打ち職人だったが、二五歳のとき、姉の夫が死に、寡婦になった姉と七人の子供の面倒を見なければならなくなった。ただでさえ貧乏なのに、翌年の冬は厳しく、仕事がなくなった彼は、生活に困ってパンをひとつ盗もうとしたところを取り押さえられ、逮捕された。九六年四月二二日の裁判で懲役五年の判決をくだされ（ちなみに、ユゴーの前作『クロード・グー』の主人公も貧困のあまりパンを盗んでやはり五年間の禁固刑を受けている）、同年五月にトゥーロンの徒刑場に送られる。労役のあまりの辛さに四度脱獄を試みて失敗、そのつど刑が加重されて、合計一九年間をそこで過ごすことになった。

そして、一八一五年一〇月初旬、四六歳のときにようやく釈放された。だから彼は旧体制下で生まれ、フランス革命末期の大混乱の時期も、ナポレオン帝政時代も獄中にいたことになる。彼は「すすり泣き、身をふるわせながら入獄したが、非情な男になって出獄した。絶望して入獄したが、陰惨な人間になって出獄した」（1-2-6）。服役中、みずからの罪と罰の均衡が罰のほうに不当に重くかかりすぎていると何度も思い、そのような不当・不正な法律を作った人間社会、これを放置する神意まで憎悪するようになったのだった。こうして、貧困が犯罪を生み、刑務所が犯罪者を作り出すというユゴーの持論が提示される。

宗教的回心

ジャン・ヴァルジャンは持ち前の怪力と、垂直の壁を楽々よじ登ったりできるような、徒刑場で身につけた身軽さによって、二種類の悪事をなしうるようになっていた。第一は「すばやく、無意識の、われを忘れた、まったく本能的な悪事であり、これはそれまでこうむった害悪にたいする一種の報復」である。第二は「このような不幸からあたえられる誤った考えでなされる、熟慮を重ねた末の、重大で、真剣そのものの悪事」(1-2-7)である。

だが、彼がじっさいに働く悪事は前者のほうだけである。元徒刑囚だと知りながら、思いもかけぬ歓待をしてくれたミリエル司教に感謝するどころか、その当夜、恩知らずにも、「あんたはよくよく考えたんだろうな？　おれが人殺しをしなかったと、だれが言ったんだ？」(1-2-5)とすごんでみせたのがそうである。翌朝、司教館の銀の食器を盗んだのもそうである。また、その食器を盗んだあと、憲兵に捕らえられたときにかばってくれたばかりか、おまけに銀の燭台まであたえてくれた司教の寛大さと善意に驚き感激しつつも、その直後プチ・ジェルヴェから四〇スーを巻き上げたのもそうである。

このような「本能的な悪事」を犯したあと、彼はようやく良心に目覚め、本当にみずからの罪を悔い、社会にたいする憎悪を捨て、「今後、もしおまえが最善の人間にならなかったなら、最悪の人間になってしまうことだろう。今度こそ、いわば司教よりも高く昇るか、徒刑囚よりも低く落ちるか、そのどちらかだ」(1-2-13)と思い定めて、ひたすら改悛と贖罪の道をたどることになる。ここまではジャン・ヴァルジャンの宗教的な回心の話である。

良き市長として

ジャン・ヴァルジャンは、ディーニュの出来事のほぼ二か月後の一五年一二月に、モントルイユ・シュル・メールにたどり着く。その日、市役所で火事があって、彼は持ち前の膂力《りょりょく》と胆力で、巻きこまれたふたりの子供を救い出す。その子供たちの父親が町の憲兵隊長だったおかげで、彼は旅券を調べられることなくその町に落ち着き、マドレーヌ(イエスによって罪を許されたマグダラのマリアのフランス名)を名乗ることになる。

翌年黒ガラス装飾品製造の画期的な改良法を発見し、翌々年の一七年に工場をつくって大成功を収め、じぶんのみならず、町の人びと、さらに近郊の郡までうるおすようになる。その功績が認められて、一九年に市長に推されたものの辞退し、翌二〇年に再度推されると、今度は断り切れずに引き受け、模範的な善政をおこなう。そして、みずからは質素な暮らしをし、日曜日には熱心に教会に行くことを忘れない。また、このすこし前に元公証人の車引きフォーシュルヴァンが馬車の下敷きになり、死にそうになっていたところを命がけで救ってやる。

翌二一年の初め、ミリエル司教が他界し、マドレーヌは敬虔に喪に服す。二三年一月、背中に雪を入れられたことからブルジョワの田舎紳士ともめ事になり、あやうく六か月投獄されそうになっていた娼婦ファンチーヌを救い、彼女の子供コゼットを悪党のテナルディエから取りもどすと約束する。

ところが、これと時を同じくして、シャンマチューというリンゴ泥棒の浮浪者が逮捕されたが、じつはその本名がジャン・ヴァルジャンという徒刑囚であり、近々アラスの裁判所で裁かれると、部下の警部ジャヴェールから聞かされる。

良心の正念場

フランス語に cas de conscience という言い回しがあり、かりにこれを「良心の正念場」と訳しておこう。ジャン・ヴァルジャンが最初に遭遇した「良心の正念場」はディーニュで司教の寛徳にふれ、「おまえは司教よりも高く昇るか、徒刑囚よりも低く落ちるか」と自問したときだった。二番目がこの「シャンマチュー事件」である。

シャンマチューがジャン・ヴァルジャンでないことは、ジャン・ヴァルジャン自身がいちばんよく知っている。もし事を成り行きに任せ、その男が身代わりになって徒刑場に行ってくれれば、じぶんはこのまま尊敬されるマドレーヌ市長として暮らしていける。しかし、それでは無実の人間を監獄に送ることになる。他方、もしこの無実の男を救うとすれば、じぶんが真のジャン・ヴァルジャンだと名乗り出るしかない。そうなればふたたび汚名を着せられ、徒刑場にもどされて、生涯をそこで終えることになる。これは「頭のなかの嵐」と題されている、出版当時からたいへん有名な章だ。彼が前者のほうに傾こうとすると、だれかに見られているような気がする。

だれかとは、いったいだれのことか？

ああ！　彼が追い払いたいものがすでにはいってきていて、彼が失明させたいものが、彼を見つめていたのだ。彼の良心である。

彼の良心、すなわち彼の神である。（1-7-3）

この良心が義務として「行け！　名乗れ！　自首しろ！」と言ってくる。だがなかなかその決心がつかず、彼は良心の声に耳をふさいで成り行きにまかせようと考え、その結果司教からもらった銀の燭台を火に投げ入れそうにさえなる。ユゴーはそんな彼の「良心の正念場」をこう書いている。

市長の逡巡とキリストの受難

ただ彼は、どの立場をとっても、結局、逃れるすべはなく、じぶんのなにかが死んでいくように感じていた。右に行っても左に行っても、行き着く先は墓であり、じぶんは終焉、じぶんの幸福の終焉、あるいはじぶんの美徳の終焉に臨んでいるのだと。

ああ！　彼はまたみずからの逡巡に捉えられていた。初めから一歩も進んでいなかったのである。

このように、この不幸な魂は不安のもとで悶え苦しんでいた。この不運な男の千八百年まえ、あらゆる聖性と人類のあらゆる苦しみを一身に集めていた神秘のかの人もまた、オリーブの木々が無限の荒々しい風に震えているあいだ、星をちりばめた深い空のなかで、影にあふれ、闇をみなぎらせて現れた恐ろしい杯を、長いこと手で押しのけていたではないか。（1-7-3）

このようにジャン・ヴァルジャンの逡巡ははっきりとキリスト（神秘のかの人）の受難に譬えられているのだが、彼の逡巡はアラスの裁判所の法廷に「特別入場」を許され、シャンマチューの有罪が明白になりそうなときまでつづく。そしてついにほとんど発作的にみずから名乗り出て、外見がじぶんによく似た無実の老人を救う。その結果、逮捕され、ふたたびトゥーロンの徒刑場にもどされることになる。

これまでに見られたジャン・ヴァルジャンは「良心」という「神の声」にしたがい、自己を犠牲にしてモントルイユ＝シュル＝メールの憲兵隊長の子供ふたり、フォーシュルヴァン、ファンチーヌ、シャンマチューといった他人を助ける「救い主」として描かれている。さらにあらゆる苦難を一身に引き受けながら質素に生き、ひたすら貧者にたいして「慈愛」と「慈善」を示すことも詳細に語られている。

神意に導かれて

ジャン・ヴァルジャンが自己告発して、裁判で無期懲役に処されたのは、一八二三年の七月のことだが、同年一一月に奇跡的に脱獄に成功し、一二月二四日にパリにもどり、ロピタル通りの「ゴルボー屋敷」に部屋を借りてから、直ちにモンフェルメイユに向かう。

そして、深夜の森のなかで不安と恐怖に怯えているコゼットを助け、ちょうど翌二五日のクリスマスの日にテナルディエ夫婦からコゼットを救い出し、いっしょにパリの「ゴルボー屋敷」に落ち着いて、ついにファンチーヌとの約束を果たす。ユゴーはこの「ふたつの不幸の出会い」のことをこう説明している。

ジャン・ヴァルジャンが「やもめ」であったのと同じく、コゼットは「みなしご」だった。このような身の上であったからこそ、ジャン・ヴァルジャンは神の思し召しでコゼットの父親になったのである。そして、じっさい、シェルの森の奥、あの暗闇で、ジャン・ヴァルジャンの手にじぶんの手がとらえられたとき、コゼットがいだいた不思議な印象は夢や幻ではなく、現実だったのである。この子の運命にこの男がはいってきたのは、まさしく

神の到来だったのだ。（2-4-3）

このように「神の到来」によって、かつてだれも愛したことはなく、だれにも愛されたことがなかったジャン・ヴァルジャンは生まれて初めて愛することを知って、「美徳の道」を歩みつづけることができる。

だが、この幸福は三か月しかつづかず、「ゴルボー屋敷」の借家人代表の密告で、ふたりの存在がパリに転任していたジャヴェールの知るところとなり、ジャン・ヴァルジャンはまたしても官憲に追跡されることになる。満月の夜、彼はコゼットを背負い、「運を〈天〉にまかせ」、「じぶんを越える何者かに手を引かれている」と感じつつ、必死に逃走する（2-5-1）。そして紛れ込んだのはプチ・ピクピュス修道院だった。男子禁止のこの修道院の庭師として働いていた唯一の男性はフォーシュルヴァン老人で、彼がマドレーヌを名乗っていた頃に命を助けた男だった。そして幸いにも、この老人が恩返しのために働いてくれたおかげで、ジャン・ヴァルジャンはフォーシュルヴァンの弟ユルチーム・フォーシュルヴァンの名で庭師として、コゼットは修道院の寄宿生として、二九年まで五年間過ごすことになる。

ここまでの経緯は、ジャン・ヴァルジャンがたしかに「神意」によって動かされ、修道院に導かれるように書かれている。これをユゴーは「神には神なりの道がある。(…)神意は彼をプチ・ピクピュスの修道院に投げいれてくれ」、修道院は「ジャン・ヴァルジャンの心中にミリエル氏のような行いを保ち、補うのに力があった」(2-8-9)と解説している。

父親としての幸福

二九年にフォーシュルヴァンが死ぬと、ジャン・ヴァルジャンは「じぶんが懲役刑に処されているからといって、コゼットを修道院に閉じこめていいわけはない」(4-3-1)と、若いコゼットの将来を思って修道院から出ることにし、身元を隠してパリのプリュメ通りに「年金生活者」ユルチーム・フォーシュルヴァンの名で一軒の家を借り、さらに安全のためにウェスト通りにひとつ、ロム・アルメ通りにもうひとつのアパルトマンを借りる。このようにして通常の社会生活に復帰して、ふたりはリュクサンブール公園を散歩したり、教会に通ったり、貧しい人びとに施しをしたり、読書したりする日々を送る(なお、ジャン・ヴァルジャンはトゥーロンの徒刑場にいたときから、好んで読み書きを習い、マドレーヌ市長時代も唯一読書を趣味として、知的向上を忘れなかったと作者は強調している。これは無知、心の貧困も教育によって癒やせると信じていたからである)。

そんなある日、コゼットに恋する学生のマリユスたちからルブラン氏と呼ばれている彼が、ジョンドレットと名乗る詐欺師（テナルディエ）の罠にかかって監禁され、強請《ゆす》られるが、なんとか難を逃れる。手に火傷《やけど》を負った彼は、熱を出して一か月ほど寝込んだが、そのあいだずっとコゼットが看病してくれるので、むしろ幸福だった。

よみがえる憎悪

ところが、そのコゼットが思いがけずだんだん美しくなり、リュクサンブール公園の「あの男」に目をつけられているのに気づく。「敵意のこもった感情というものがなくなったと思い込んでいた」彼ではあったが、さすがに唯一の幸福を他人に奪われるのではないかと不安になり、三一年夏、ウェスト通りのアパルトマンからプリュメ通りの家に移り、さらにイギリスに移住する計画まで立てて、ふたりの仲を裂こうとする。それでも、ふたりがエポニーヌのおかげで再会し、愛し合うようになったことに気づかない。やがて三二年六月四日、ジャン・ヴァルジャンは、家の壁のうえにだれかの住所らしきものが釘で刻まれているのをみつけて、ますます激しい不安に駆られ、今度はロム・アルメ通りのアパルトマンに引っ越す。

その翌朝、ジャン・ヴァルジャンはコゼットがマリユスに宛てて書いた手紙の吸い取り紙の文字がはっきりと鏡に映っているのを見て愕然とし、ふたりが愛し合っていることを知って「魂の衝撃」を受ける。というのも「別の男があの子の心の目当てなのだ、別の男があの子の人生の希望なのだ。どこかにあの子の恋人がいるからには、このじぶんはたんなる父親にすぎず、じぶんなど存在しないも同然なのだ」と思わざるをえなかったからだ。彼のこの激しい嫉妬には、唯一の愛の対象、幸福の唯一の源泉であった娘に去られる父親の悲哀とともに、これまで一度も妻も恋人ももったことがないこの男の、「いかなる感情にもまして不滅のあの感情」、「山のなかに眠る金鉱脈のように秘めやかで清廉潔白」なほのかな恋心があったかもしれないと作者はあえて書いている(4-15-1)。そして、ジャン・ヴァルジャンの魂の変容をこう説明する。

この事態の底にあの若い男がいて、なにもかもあの男のせいだと確信すると、ジャン・ヴァルジャンは更正した人間、あれほど魂の修練にはげんだ人間、人生や貧困や不幸のいっさいを愛に変えようと、あれほど努力してきた人間でありながら、みずからの心の底をながめ、そこに〈憎悪〉の亡霊を見たのであった。(4-15-1)

ここで「憎悪」というのは、彼がトゥーロンの徒刑場を出てから、ディーニュの司教に会うまえに抱いていた徒刑囚の感情である。サタンの誘惑とも言うべきこの感情がよみがえったジャン・ヴァルジャンは、マリユスがバリケードのなかでコゼットに書き、ガヴローシュに託した別れの手紙を手に入れ、「……ぼくは……死んでいきます。……きみがこれを読むころには、ぼくの魂はきみのそばにあって……」とあるのを読むと、「眼前に憎らしい人間の死という、願ってもない事実があった」ことに、「内心、ぞくっとするような快哉の叫び声をあげ」る（4-15-3）。

ここにいたって、さしものジャン・ヴァルジャンも一時、憎悪の虜になって我を忘れ、彼の神である「良心」の声に耳を傾けなくなってしまうのである。ここにはかつて経験したことのない過酷な拷問にさらされる彼の人間的な懊悩が、情理をつくしてあますところなく描かれている。

十字架を背負って

三二年六月六日、すなわちパリの民衆蜂起翌日の払暁、ジャン・ヴァルジャンは国民兵の制服を着て武装して、憎き男の死を見届けようとシャンヴルリー通りのバリケードに向かう。着くと、バリケードの仲間たち五人が脱出するのに必要な軍服が四着しかないことで困っていた。そこで彼はじぶんの軍服を脱いで、まるで「天から降ってわいたように」落としてやり、ひとりの蜂起者を救う。

また散弾のなか、バリケードの外にあった防弾用のマットレスを拾い、目障りな相手の哨兵ふたりの鉄兜を撃って退却させるが、けっして人を射殺しない。さらにこのバリケードの「救い主」は、捕虜になっていたジャヴェールの処刑を任せてもらうが、こっそり逃がしてやる。彼はバリケードの補強をし、負傷者の手当を黙々とするだけで、戦いには加わらない。どんな状況でも人を殺めることをみずからに禁じているからだ。

そしてほとんど全滅した蜂起者のなかに、重傷を負って気を失いかけているマリユスをみつけ、背中にかついで地下水道に潜り込み、何度も危険に出会いながら、なんとか出口をみつける。なお、第五部第三篇第四章のこの逃避行は、まさしく「彼もまた十字架を背負う」と題されている。出口でテナルディエに出くわすが、彼の顔が泥と血にまみれていたので気づかれない。

ところが、やっと外に出ると今度はジャヴェールが待ち受けている。彼は逮捕を覚悟し、そのまえに瀕死のマリユスをジルノルマン氏のもとに送り届けるのに同道してもらう。そのあと、最後にもう一度家にもどる許可を求めると、ジャヴェールは承知するのみならず、ジャン・ヴァルジャンが家にはいるや姿を消し、やがてセーヌ川に身を投げる。頭のなかで不思議な声がして「おまえを救ってくれた恩人を引き渡すがいい。そのあと、ポンス・ピラートの桶をもってこさせ、おまえの爪を洗い清めるがいい」（5-4）と言うのが聞こえ、進退きわまったからだ。ここでもジャン・ヴァルジャンはキリストに比されている。

最大の「良心の正念場」

ジャン・ヴァルジャンが、マリユスとコゼットとの恋をようやく認めるようになったのは、マリユスが奇跡的に回復した九月ごろだった。一二月にはふたりの結婚の準備が整い、ジャン・ヴァルジャンはモンフェルメイユの隠し場所から持ち出した五八万四〇〇〇フランをコゼットの持参金にし、戸籍上の問題点も解決してやる。

翌三三年二月一六日にふたりは結婚式をあげるが、彼はその数日まえに手に怪我をし、父親としての署名ができなくなったと称して、ジルノルマン氏に代わりを頼むばかりか、その日の祝宴にも怪我を理由に出席しない。だが、その怪我は仮病だった。こうして保護者としての最低限の義務をはたしたものの、その晩ひとり家にもどったジャン・ヴァルジャンは、今度はシヤンマチュー事件のときにまさる、こんな三度目の「良心の正念場」に立ちいたる。徒刑囚であるじぶんが正体を隠して、このまま何食わぬ顔でふたりの幸福な家庭の一員としてとどまっていいのか。それとも、みずからの良心にしたがって、すべてを打ち明け、決定的な破局を招くべきなのか。前者はコゼットを犠牲にすることであり、後者はじぶんを犠牲にすることだ。どうすればよいのか。「彼はベッドのうえで身体をふたつに折り、運命の巨大な力に押されてひれ伏し、おそらくは押しつぶされて、両手をぐっと握りしめ、ああ！　十字架から降ろされた人のように、両腕を真横に伸ばしたまま、朝までじっと同じ姿勢でいた」(5-6-4)。

このように、またしてもジャン・ヴァルジャンの苦悩はキリストの受難に比されているのだ。その朝、つまり結婚式の翌日、ジャン・ヴァルジャンは人生で最大の犠牲をはらう覚悟をしてマリユスに会いに行き、とうとうじぶんは元徒刑囚であり、コゼットの父親ではないと打ち明ける。そしてその理由を「じぶんでじぶんを尊敬したければ、人から蔑まれる必要がある。これがわたしの背負っている宿命です。そうなってこそ、わたしは頭を真っ直ぐにしていられるのです。わたしはじぶんの良心に服従する徒刑囚です」(5-7-1)と言う。

赦しと死

また、何度かその機会があったにもかかわらず、彼はじぶんが瀕死のマリユスを助けたことをけっして明かさない。その結果、この告白に衝撃を受けたマリユスは、だんだんジャン・ヴァルジャンを遠ざけるようになる。四月ごろ、ジャン・ヴァルジャンは娘夫婦に疎まれていることに気づき、絶望して急に衰え、六月になって死の床につく。

そしてまさに死のうとするとき、ジャン・ヴァルジャンの秘密を明かすと称して強請りにきたテナルディエの口から、危険な地下水道を通って意識不明のじぶんを救ってくれたあの恩人こそ義父だと知ったマリユスが、コゼットとともに枕元に駆けつける。もう一度コゼットに会うのが最後の願いだったジャン・ヴァルジャンは満足して、コゼットにファンチーヌという母親の名前を初めて明かし、「司祭ならここにいる」と言って終油の儀式を断り、ミリエル司教からもらい、コゼットに遺贈することにした銀の燭台の蠟燭に照らされながら、すべてを、ジャヴェール、マリユスは当然、テナルディエさえも許し、「幸せな気分で」六四年の生涯を終える。ここにはキリスト的な「赦し」のテーマが集中的に扱われている。

一九世紀のキリスト像として

見られた通り、ジャン・ヴァルジャンは意図的に何度もイエス・キリストになぞらえられ、あたかも殉教者のように描かれている。彼の人生は貧困のあまりひとつのパンを盗み損ねたという罪とも言えない罪のために社会から迫害され、ひたすら苦難と試練、贖罪と自己犠牲の連続だったが、多少の揺れはあっても、最後には必ずみずからの良心＝神にしたがって恥じない、清らかで崇高な人生だったのだと。要するに、徒刑囚ジャン・ヴァルジャンには紛れもない聖性があたえられているのだ。

じつはユゴーには最終的に採られたものとは別に『レ・ミゼラブル』のいくつかの序文があり、そのひとつが六〇年、つまり小説の執筆再開の前年に書かれた『哲学　ある本のはじまり』である。彼はそれを、

これから読まれる本は宗教的な本である。宗教的？　どのような観点から？　理想的だが絶対的、無限定だが揺るぎのない観点からである。ある本の作者の精神状況はその本自体にとって重要であり、またそこに反映する。(…)この痛ましい本の冒頭で、著者は信じ、祈る者のひとりだと公然と述べておく。信条に関わるあらゆるものにたいする多大な寛容

はそこに由来する。本書をよぎる宗教的な人物は厳粛である。ここにはひとりの司教が現れ、崇高な影を投げかける。

と書き出している。

このように最初から、ユゴーは宗教的な意図をもってこの小説を書こうとしたのだ。そしてそれは執筆の再開にあたってさらに強調される。じっさい、冒頭のミリエル氏に関わる各章の大半は六〇年以後に追加、もしくは大幅に書き直されたものなのである（追加されたのは、第八章「酒のあとの哲学」、第一〇章「未知の光明に立ち会った司教」、第一二章「ビヤンヴニュ閣下の孤独」、第一三章「彼が信じていたこと」、第一四章「彼が考えていたこと」の各章。つまりこの冒頭の篇でももっとも「哲学的な部分」だった）。

この小説が、ディーニュの司教ミリエル氏の話にはじまり、彼があたえた燭台をジャン・ヴァルジャンが住居を転々と変えながらも、つねに後生大事に持ち歩き、最後はその燭台の火に照らされて永眠するという筋立てになっているのは、そういう理由からなのだ。

かつてカミュが自作『異邦人』の主人公ムルソーを「現代に可能な唯一のキリスト」とやや大げさに評した言い方に倣えば、ユゴーはジャン・ヴァルジャンを、素朴でだれしもが尊敬できる「一九世紀に可能な唯一のキリスト」の肖像として描きたかったのかもしれない。だとすれば、四人分の力をもち、馬車を一台持ち上げてフォーシュルヴァン老人を助けるとか、足がかりのない四・四メートルの塀を軽々と乗り越えるといった、多少なりとも超人的ないくつかの行動が、一種の奇跡のように小説に挿入されていたとしても、なんら不思議ではない。

神話的創造

では、なぜユゴーはナポレオンの失脚後の一八一五年一〇月頃にジャン・ヴァルジャンを登場させ、ディーニュでの司教ミリエル氏との邂逅のあと、ナポレオンとは対照的な、まったく正反対の途をたどらせたのだろうか。これはいままで保留してきた問いだが、ある程度まで答えられる段階にようやくたどり着いた。

ユゴーは登場人物のひとりに「大砲の弾は一時間二千四百キロメートルしか飛ばないが、光は一秒間三十万も進む。イエス・キリストがナポレオンに優るのはこの点だよ」(5-1-7)と言わせている。また、キリスト教の権威と権力を不倶戴天の敵とした元国民公会議員Gに、「フランス大革命はキリストの到来以来、もっとも力強い人類の一歩だった」(1-1-10)とあえて言わせている。さらに、小説の終わり近く、マリユスがジャン・ヴァルジャンのすべてを知ったことで、「いままでに聞いたこともない徳が、崇高で優しく、広大無辺でありながらも慎ましやかな徳が、彼の目のまえに現れたのだ。徒刑囚がキリストに変わりかけていた。マリユスはそんな奇跡に目眩を感じていた」(5-9-4)と書いている。

さきに見たジャン・ヴァルジャンの肖像とこれらの言葉を勘案すれば、ユゴーの考えでは、ナポレオンはイエス・キリストはもとより、キリストに擬されるジャン・ヴァルジャンに比べてさえ、人間的には劣るのではないかということになる。ワーテルロー会戦後の軍事・政治的な「偉人」ナポレオンが退場したあと、それを引き継ぐように、あるいは取って代わるように、同い年の、まったく非政治的だが、人間的・倫理的にすぐれた「義人」ジャン・ヴァルジャンを登場させた必然性は、そこにある。

一九世紀にはナポレオン的な「征服の精神」(バンジャマン・コンスタン)はもはや不要であり、いかなる英雄だろうと、軍事・政治的な個人崇拝は時代錯誤も甚だしく、有害な熱狂にすぎなくなった。「剣士の役割が終わると、今度は思想家の出番」(2-1-17)となるのである。だからこそ、あえてじぶんとは正反対の人物にみずからの思想を託そうとしたのだ。

ユゴーは、ピエール・アルブイの言うところの、その独自の「神話的創造」によって、あえて最下層の貧困からジャン・ヴァルジャンという聖人に近い人間を、いやが上にも理想的に造形することで、みずからの思想的および人間的な過去に決着をつけ、彼自身、そして読者に新たな出発を促す小説を書いたのだと考えられる。

第5章

「哲学的な部分」とユゴーの思想

第5章扉
《ヴィクトール・ユゴーの肖像画》
レオン・ボナ画，1879年

ここまで、おもにユゴーとふたりのナポレオンとの関係を中心に、文学と政治という観点から、『レ・ミゼラブル』の執筆の経緯と小説の内実をみてきたが、最後にこの小説の特徴(もしくは難所)である「哲学的な部分」について検討し、その根底にある彼の思想のいくつかを取り上げたい。

(1) 貧困と社会主義

貧困の描写

まず「哲学的な部分」のうち、ユゴーが貧困と社会主義について述べているところから始めよう。貧困そのものについては、「哲学的な部分」というよりも、むろん登場人物たちの描写に赤裸々に叙述されている。盗みをはたらくまでの若き日のジャン・ヴァルジャンの貧困、ファンチーヌの哀れな生涯、幼いコゼットの悲惨、祖父の家を飛び出し次第に赤貧に陥るマリユスの様子、その隣人のテナルディエ一家の生活の窮状、マブーフ老人の困窮、いずれも詳細に語られており、読む者に当時の貧困をリアルに感じさせる。たとえば、マリユスが見たテナルディエ一家のあばら屋はこう描写される。

彼が見下ろしたあばら屋はおぞましく、汚く、悪臭を放ち、不衛生で、暗く、あさましかった。家具はすべて引っくるめても、たかだか藁椅子一脚、がたがたのテーブル一台、古い陶器のかけら数片というところ。部屋の両端にはそれぞれ、なんとも形容しがたい粗末なベッドがあった。明かりといえば、蜘蛛の巣におおわれた四枚ガラスの屋根裏窓があるばかり。その天窓から、人の顔がかろうじて幽霊の顔に見えるほどかすかな日の光が射している。四方の壁はレプラ患者のような様相を呈し、なにやら恐ろしい病気によって歪んだ顔みたいに、継ぎはぎだらけ、傷跡だらけ。湿気が目脂のように滲みだしている。淫らな絵が木炭で粗雑に描かれているのが見える。（3-8-6）

また、テナルディエの長女エポニーヌはマリユスに毎日の食事がとれない窮状をこう打ち明ける。

「あたしねえ、夜に出かけることがときどきあるのよ。うちに帰らないことだってあるわ。ここに来るまえ、去年の冬、あたしたち橋のアーチのしたに住んでたの。みんなでからだを寄せ合って凍えないようにしてたわ。妹は泣いてばっかりいた。水って、悲しいものよ！　溺れてしまおうかと頭で思っていたら、口が、いや、冷たすぎる、なんて言うんだもの。(…)それに、あたしね、なんかこう、耳元に馬がいて、鼻息をかけてくるような気がして、ぼーっとすることもあるんだ。夜でも、手風琴の音とか、なんか知らないけど、製糸工場の機械みたいな音が聞こえてくるのよ。みんなに石を投げつけられると思いこんで、わけもなく逃げたりしてる。なにもかも、ぐるぐる、ぐるぐると回ってる。ものを食べていないときには、そりゃ、ひどく気が変になってくるものなのよ」　(3-8-4)

このように貧困のリアルな描写はこの小説の全体にわたって数え切れないほど出てくる。だが、ユゴーの貧困の描き方はこのような描写だけにとどまらない。第一章で言及した「哲学的な部分」のなかでもとくに長く有名な――翻訳者泣かせの――第四部第七篇「隠語」論は、貧困の実相を広く照らし出す役割を果たしている。

貧困の言語

この「隠語」論は、テナルディエがフォルス監獄を脱獄した直後、パトロン・ミネットの一味といっしょに、プリュメ通りのジャン・ヴァルジャンの家で強盗をはたらこうとするが、思いがけずエポニーヌの抵抗に遭う、という場面で使われる隠語を解説するために挿入されている。これはテナルディエの悪辣な前歴を語るために、ワーテルローの会戦を描写した第二部第一篇に、最後の第一九章「夜の戦場」をそっと忍び込ませたのと同じ仕掛けである。だが、これはたんなる小説上の仕掛けにとどまらず、彼が貧困という主題を掘り下げるために挿入したものでもあるのだ。

ユゴーは四一頁にわたる「隠語」論のなかで、まず彼が一八二九年の『死刑囚最後の日』において初めて小説に隠語を用いたところ、さんざん非難されたことを想起しつつ、隠語が醜悪だからといって目を背ける思想家は、「言語についての一事実を検討することをためらう言語学者、人間性の一事実を吟味することをためらう哲学者と同じ」であって、「隠語とは貧困の言語のことだ」と知るべきだと言い、さらにこう言葉を連ねる。

あらゆる屈従とあらゆる悲運のどん詰まりに最後の貧困があり、これが幸福な事実と支配的な権利の全体に刃向かい、戦いを決意する。これは恐ろしい戦いであり、貧困の極みは、あるときは狡猾、あるときは激烈、同時に異様にも残忍にもなって、悪徳の針で突き刺したり、犯罪の棍棒で殴ったりして、社会秩序を攻撃する。この戦いの必要上、貧困から隠語という戦闘の言語が生じたのである。

かつて人間が話し、いつの間にか消えていったある言語のささやかな断片にすぎないとしても、すなわち良きにつけ悪しきにつけ、文明をつくりあげ、彩っていた諸要素のひとつにすぎないとしても、隠語を忘却のかなたに、深淵の縁の先に浮かびあがらせ、つなぎとめることは、社会観察の材料を広げることであり、文明そのものに奉仕することでもある。（4-7-1）

要するにユゴーは、貧困の問題を根底から考えようとすれば、「貧困の言語」、「徒刑囚になった言葉」、「闇の住人たちの言葉」としての隠語を取り上げることが不可避、不可欠であり、さらに有益でさえあると考えていたのだ。これはある外国のことを深く認識しようとすれば、その国の言葉を学ぶことがどうしても必要なのと同じ道理だろう。これは良俗、礼節を重んずる古典派の美学がまだ根深く残っていた当時の社会への、真っ向からの文学的挑戦であり、まして「フランス語の保存と純化を目的」とするアカデミー・フランセーズ会員としてはほとんど裏切りにひとしかった。

隠語という新しい美

そして彼は「純粋に文学的な観点からすれば、隠語の研究ほど興味深く、稔り豊かなものはそうそうないだろう」とさえ言いながら、隠語の悲しい味わい、暗い美を救いだそうとする。そのために隠語の起源、語根、成り立ちについてほとんどマニアックな熱心さで、古今のフランス語のみならず、ラテン語、スペイン語、イタリア語、ドイツ語、英語、バスク語、ケルト語などにおよぶ、無類の博覧強記ぶりを披瀝して読者を圧倒する。このような詳細な隠語研究をおこなってみせた小説家は古今東西ほとんど皆無に近く、ユゴーの並々ならぬ独創のひとつに数えられるべきものだろう。

『レ・ミゼラブル』が出版されたとき、パリの労働者たちが一フランずつ出しあって購入し、回し読みしたと大概の伝記は書いているが、せいぜい初等教育しか受けていない彼らがよく理解できたとはほとんど信じられないほどだ。たとえば、フランスの囚人たちは、独房のことを「カストゥス」(castus、ラテン語で品行方正な、敬虔な、の意)と言い、罪をすすめる頭のことを

「ソルボンヌ」(sorbonne)と、断頭台で罪をあがなう頭のことを「大薪」(tronche)と、裁かれることを「束ねられる」(être gerbé)と表現するという。さらにはその言語学的な起源にまで遡り、ケルト語の「小川」(barant)は「泉」(baranton)から、「錠前屋」(goffeur)は「鍛冶屋」(goff)から、「死」(guédouze)は「白黒」(guenn-du)からくる、等々、その分析は留まるところを知らない。

小説のなかでじっさいに出てくるパリの盗賊たちの隠語は二十数語くらいにすぎないが、ここでは少なくともその一〇倍以上の語彙、言い回しが微に入り細をうがって検討されているのである。

劇『クロムウェル』の序文によれば、ユゴーは「グロテスクなものと崇高なものとが結びつくところにロマン主義の新しい美が生まれる」と考えていたが、この隠語論はその極端な一例である。また物語的にいえば、『ノートルダム・ド・パリ』のカジモドのことが思い出されるが、徒刑囚と聖人が結びつくジャン・ヴァルジャンはそのロマン主義的美学の具体的な好例だと見ることができる。

時代的な課題としての貧困

ここで私たちは『レ・ミゼラブル』の有名な序文のことを思い出す必要がある。

今世紀の三つの問題、すなわち無産のせいで男が零落し、空腹のせいで女が淪落し、蒙昧のせいで子供が萎縮するという問題が解決されないかぎり、(…)この地上に無知と貧困があるかぎり、本書のような性質の書物も無益ではあるまい。

ここで言われる「無産」の原語は「プロレタリア」(prolétariat)であり、「貧困」は「ミゼール」(misère)である。この「ミゼール」はプルードンの『貧困の哲学』(一八四六年)、プルードンを批判したマルクスの『哲学の貧困』(一八四七年)の「貧困」と同じ言葉である。さらに、慧眼なトクヴィルは三五年からすでに『窮乏化についての覚え書き』と題する論考を発表していた(続編は五二年)し、ユゴーにもマルクスにもさんざん酷評・冷笑されたルイ・ナポレオンでさえ『貧困の撲滅』(一八四四年)を上梓してみずからの政治的未来を築いた。それほど、国の産業化が生み出す貧困は、この時期の焦眉の社会・政治的な課題だったのである。やがて四八年にはマルクスとエンゲルスがこの課題を解決すべく『共産党宣言』を出すことになるだろう。

むろん、貧困の問題はこの一九世紀前半のフランスだけにかぎらず、人類の永遠の問題であり、金融資本主義に隷従する現代社会の地球的現実だが、「ある社会現象の実存的な射程は、その発展が最高に達した時期ではなく、将来そうなるよりも比較にならないほど弱々しい、その端緒にあるときに最大の鋭敏さで感知される」というクンデラの言葉を信じるなら、ユゴーは産業資本主義社会の端緒において、それが生み出す貧困の「実存的な射程」をいちはやく看取し、告発した作家のひとりだったと言える。彼は立法議会でも大方がブルジョワの議員たちの顰蹙を買いながらこう発言している。

わたしは貧困を根絶することができると考える者のひとりであります。(…)レプラが人体の病気であるように、貧困は社会体の病気であります。レプラが消え去ったように、貧困も消え去ることがありうるのです。貧困を根絶する！　そう、それは可能であり、立法者も行政者もたえずそのことに思いをいたすべきであります。(…)パリ、かつてはじつに易々と動乱の風を起こしていたパリの場末には、家族、家族全体が男も女も、少女も子供もいっしょくたに生活している街路、家々、巣窟があります。彼らにはベッド、掛け布団、さらには衣類の代わりに、都市の堆肥とも言うべき縁石の隅の汚水のなかから拾い集められた、腐りかけのぼろ切れしかありません。生きた人間が冬の寒さを逃れるためにそんなところに潜り込んでいるのであります。

（『言行録』）

このようにユゴーは他の何人かの同時代人と同様、貧困の撲滅を時代の緊急の課題として認識し、この問題を放置できない社会現象だと考えていた。一九世紀中葉のフランス小説で、このようにあえて正面から貧困の問題を取り上げた作品はきわめてまれである。まして「ロマン派の総帥」と目されていた作家としては、このような卑俗な主題は、少なからず挑発的でスキャンダラスなものでさえあったことを指摘しておくべきだろう。

また、この小説は貧困の「実存的な射程」を照らし出そうとする作品だが、題材にされているフランス一九世紀初期の貧困は、マルクス主義的な「労働者階級」「勤労階級」というよりも、それ以前の、いわゆるルンペン・プロレタリアート、すなわちルイ・シュヴァリエの言うところの、社会に不安を醸しだす「危険な階級」の貧困である。資本主義社会に必然的に伴う貧困という現象の端緒に見られた極端な特徴を鋭敏に感じとり、作品化したところにユゴーの文学的な先見性があったのだ(なお、一八二五年のパリには一二万人ほど、つまり一〇人に一人の割合でペテン師、掏摸《すり》、泥棒、娼婦などこの「危険な階級」の人間たちがいたという)。

社会問題への関心

一九世紀の前半になって登場する様々な社会主義は、むろんそうした貧困の問題の深刻さの所産である。ユゴーはある未刊のメモのなかで、じぶんが社会主義者になったのは一八二八年のころからだから、相当年季がはいっていると書き、またまわりの者たちにもそのように断言していた。たしかに彼の『死刑囚最後の日』(一八二九年)や『クロード・グー』(一八三四年)は貧しい労働者を主人公にしているのだから、ある意味でそう言えないこともない。

ただ、ロベール・フランス語辞典によれば、そもそも「社会主義者」(socialiste)という言葉自体がフランス語に登場するのは、やっと一八三三年になってからなのである。ユゴーのメモは、一八四九年以後に過去を振り返って書かれたもので、彼はここで「社会主義者」という言葉を、たんに「社会問題」(le social)に真摯な関心を寄せ、何らかの解決を見いだしたいと願う者、すなわち、いまもフランスでいう「左翼」(gauche)の意味に解していたにちがいない。

さて、その「社会主義」は、『レ・ミゼラブル』のなかではどのように表現されているのだろうか。それが言及されるのは第四部第一篇「歴史の数頁」のなかにおいてである。といっても、彼は詩人であるから、詳細な社会・経済的な理論を展開するわけではない。そんなことはできないし、しようともしていない。

もちろん彼には親しい友人に『労働の組織』の著者ルイ・ブランがいたし、キリスト教的社会主義者ラムネーは彼の結婚の証人だった。また、必ずしも親しくなかったが、『財産とは何か』のプルードンや『個人主義と社会主義』のピエール・ルルーは議会の同僚であり、いわゆる空想的社会主義者のサン・シモンやフーリエの理論にもそれなりに通じていた。

『レ・ミゼラブル』における社会主義

『レ・ミゼラブル』のユゴーはそんな様々な傾向をもつ彼らを区別せず、一括して「無私無欲」な「社会主義者」と総称し、

これらの夢想家たちは、ある者は孤立し、ある者は一族をなし、さらにほとんどは共同体となって、平穏だが、とことん社会問題を揺りうごかした。(…)岩に孔を開け、そこから人間の至福という清水を湧きださせようと努めていた。

死刑台の問題から戦争の問題まで、彼らの仕事はすべてを見とおしていた。彼らは〈大革命〉によって布告された人権に、女性の権利と子供の権利を付けくわえた。(4-1-4)

として敬意を表する。それから、社会主義の諸問題はつぎのふたつの主要問題に帰すことがで

きるという。第一の問題は富の生産であり、これに労働、および労働力の使用という問題が付随する。第二の問題は富の分配であり、これには賃金、そして収益の分配という問題が関わってくる。そして、労働力の適切な使用からは公共の力が、収益の適切な使用からは個人の幸福が生ずる。したがって、外部の公共の力、内部の個人の幸福というふたつのものが結びつくところに社会的繁栄が生ずる。

このように社会主義を解したあとで、ユゴーは「適切な分配とは、平等な分配ではなく、公正な分配を意味する。第一の平等とは公正のことである」と付記し、共産主義を斥ける(ただし彼はマルクスを読んでいなかった)。なぜなら、「平等に分配すると、競争がなくなってしまう。またその結果として、労働をなくしてしまう。これは分けあうものを殺してしまう家畜業者のような分配の仕方である」(4-1-4)からだという。プルードンやマルクスと違って、彼にとって私的所有権は、フランス革命で認められた神聖で不可侵なものなのである。

以上のように社会主義を大づかみにとらえたあと、ユゴーはフランスの社会主義者たちの「感嘆すべき努力、神聖な試み」を、今度はじぶんの言葉で表現しなおして共鳴する。

ふたつの問題を解決せよ。金持ちをはげまし、貧乏人をまもれ。貧困をなくせ。強者による弱者の不当な搾取に終止符をうて。立身した者にたいする立身途中の者の不当な嫉みにブレーキをかけよ。数学的かつ友愛的に賃金を労働に合わせて調整せよ。子供の発育と無償の義務教育とを一体となし、科学を成人の基礎とせよ。腕をきたえるとともに、知性をのばせ。力強い人民であると同時に幸福な人間たちの家族であれ。所有権を民主化せよ。ただし、所有権を廃止するのではなく、どの市民も例外なく所有者になれるように、所有権を一般化することによって。これはひとが思っているよりずっと易しいことなのだ。要するに、富を生産し、富を分配するすべを心得よ。そうすれば、みんながいっしょになって、物質的な偉大さと精神的な偉大さとをもてることになるだろう。（4-1-4）

常套句としての政治思想

これをユゴーの社会思想の根本と見なすことができるが、このような理念は『レ・ミゼラブル』にも一貫して流れている。たとえば、革命による新しい共和国における自由、平等、友愛の未来について語るアンジョルラスの最後の演説には、そのことが美しく悲壮な雄弁として凝縮されている（5-1-5）。

おそらく現代から見れば、これは必ずしも独創的とは言えない通念、あるいはいささか楽観的な常識だと思われるかもしれない。ただ、共和政という言葉さえ検閲の対象になる第二帝政のブルジョワ隆盛期にあっては、これとてかなり危険な思想であり、彼の同時代の社会主義者はいずれも一度は国外追放、あるいは亡命の経験をしたことを忘れてはならない。

また、常識ももともとは個人の独創であり、その独創が多くの賛同者を得て、初めて「通念」になることは言うまでもない。ここはユゴーが独創性よりも普遍性をめざす作家だったと言っておこう。まして、共和主義者ユゴーには反帝政という政治的な理由でこの作品にできるだけの読者がいることを願ったのだから、よけいにそうである。

さらにこれを別様に、先駆的な名著『フランスの近代とボナパルティズム』の西川長夫のように、ユゴーを「リユ・コマンの詩人」と規定することもできよう。「リユ・コマン」(lieu commun)とは、常套句、あるいは共通の場における共通の主題を意味する。ユゴーには「常套句をうまく管弦楽化する能力があり、それは民衆詩人、あるいはデモクラシーの詩人としての名誉」であり、「政治思想とは集団の思想であるから本来リユ・コマンの傾向をもっている」(西川長夫『フランスの近代とボナパルティズム』岩波書店、一九八四年)とも言えるだろう。

ただそれよりも、現代の憂うべき人類的課題はむしろ、これらの「通念」の大半がいまだに現実のものになっていないばかりか、だんだん忘れられつつあることだろう。

精神の社会主義

たしかにユゴーが『レ・ミゼラブル』で語っているのは社会主義の「原則」と「理想」だけであって、その過程、つまり原則が理想にいたる筋道ではない。たとえば、「公正」をどのように計算し、実現し、担保するのかについては何ひとつ言っていない(しかし、これまでだれがそれを言いえただろうか)。

むしろ彼は「腹の社会主義」、つまり唯物論的社会主義を斥け、社会主義の精神的側面をことさらに強調する。「知性と精神の成長は、物質的改善におとらず不可欠なものである。(…)パンがないために死にかけている肉体よりもさらに痛ましいものがあるとすれば、それは知識の光に飢えて死ぬ魂である」(4-7-4)、「人間の主要な役割は食べることではなく、考えることである。なるほど食べない人間は死ぬかもしれない。だが、考えない人間は這いつくばる。このほうがもっと悪いのだ。腹を警戒せよ」(『哲学 ある本のはじまり』)、等々。

さらに、この小説を書く意図を、「貧困は物質的なものだから、貧困をあつかう書物は精神的でなければならない。人類のうめき声が聞こえる作品は信仰の表明でなくてはならない」(前掲書)とも説明している。

具体的なアイディア

それでも『レ・ミゼラブル』のなかに、ユゴー的社会主義の物質的な改善の具体的例かと思わせるエピソードがないわけではない。たとえば、第一部第五篇第二章「マドレーヌ」に書かれる、黒ガラス装飾品製造の画期的な改良によって産をなしたマドレーヌ氏(ジャン・ヴァルジャン)が模範的な経営者としておこなった施策である。

彼は男子用と女子用のふたつの工場をもち、「飢えている者はだれでもそこに出向きさえすれば、確実に仕事とパンにありつけた」という。また、「国家で最初のふたりの公務員は、保母と教員です」と言い、男子校と女子校のふたつの学校を建て、教師の給料をじぶんのポケットマネーで払っていた。さらに、当時のフランスでは知られていなかった保育所を自費でつくり、老齢の労働者と身体障害者のために救済基金を設け、病院にベッドを寄付し、困った人びとを捜しまわってまで援助していた(1-5-2)。これらが貧困と無知をなくそうとするユゴー的社会主義の一例なのだろう。

このほかに注目されるのは、王室、軍隊、軍艦等で慣例となっている礼砲について述べている箇所である。フランスでは二四時間ごとに一五万発の無駄な大砲を各地で散発させているが、一発が六フランとして、一日に九〇万フラン、一年で三億フランもの大金が煙と化している、これを貧困対策に回すべきだと彼は言うのである(2-2-3)。

さらに、ピエール・ルルーの発想を借りたと言われる、こんな突飛な経済・財政的な提案もなされている。パリは、土壌を豊かにするべき糞尿を地下道に流して海に捨てているために、年間二五〇〇万フラン、国全体では五億フラン(国家予算の四分の一)を無駄にしている。もしこれを適切な方法で大地に返してやるなら、「土地の生産量は十倍になり、貧困の問題はおどろくほど緩和されるだろう」。つまり、「経済学的に言うなら」、糞尿が金であることを知らない「パリとは穴の空いた籠のことなのだ」と難じている(5-2-1)。

むろんこれらのことだけでは、社会主義の現実的具体策というには不充分にちがいない。詩人ユゴーの限界と言えばたしかに限界だが、これ以上彼に望むのも無い物ねだりというものだろう。いずれにしろ、「現代では経済の問題は政治の問題に取って代わられた」と考えていたこの時期の彼としては、経済を支配し、指揮する政治を優先させることが急務だったのであり、彼の社会主義もいずれ社会共和主義の理想のなかに統合されていく。

(2) 進歩という思想

三二年蜂起を取り上げた理由

つづいて、ユゴーの政治思想に関わる「哲学的な部分」を見ていこう。すでに第三章で述べたとおり、ユゴーの政治思想は最終的に共和主義に行き着いたわけだが、このことは「歴史に名を残しそこねたグループ」による、一八三二年六月五日の悲劇的な蜂起の叙述により具体的にうかがうことができる。つまり『レ・ミゼラブル』第四部第十篇から第五部第一篇までであり、これらはいずれも再執筆のときに追加された部分である。

それにしても、彼は小説のクライマックスになぜこの蜂起を選んだのだろうか。たしかに物語の設定は一八一五年から三三年までなのだから、三三年以前の出来事を材料にする必要があった。ただ彼自身が認めているように、一九世紀前半が「暴動の時代」だったというのなら、「七月革命」に行き着いた一八三〇年の反乱など、他のもっと名高い歴史的事件を扱ってもよかったのではないか。

しかも、みずから『レ・ミゼラブル』で書いているように、この蜂起が起こった日、三〇歳だったユゴーは、いつもどおりチュイルリー公園で原稿の推敲をしていたところに騒動の噂を耳にして駆けつけ、たった半時間立ち合ったにすぎない。

夕方六時ごろ、ソモンのパサージュが戦場になった。蜂起者が一方の入口をおさえ、軍隊が反対側の入口をおさえていた。一方の鉄柵からもう一方の鉄柵へと銃火がかわされていた。ひとりの観察者、夢想家、つまり筆者はその火山を近くまで見に行ったのだが、ふと気がつくと、双方の銃火にはさまれたそのパサージュにいた。弾丸から身を守ってくれるものは、ふたつの店をへだてている半円柱のふくらんだ場所しかなかった。筆者はほぼ半時間近く、そんな心細い位置にいたのだった。（4－10－4）

だから彼には、この共和派の蜂起についてさしたる個人的な思い出の持ち合わせはなかったはずだし、それればかりか、彼の行動記録をまとめた『見聞録』六月六－七日の項には、素っ気なく「ラマルクの葬列の暴動。力に報復される狂気の沙汰。われわれはいつの日にか共和政を手にするだろうが、共和政は自然にやってくるときに良きものになるだろう。しかし七月にしか熟さない果実を五月に摘まないようにしよう」とあるように、当時の彼は今のフランスには共和政は時期尚早だと考えており、この出来事にはいたって冷淡で懐疑的だったのである。

暴動と蜂起

しかし彼は、あえてこの蜂起を取り上げた理由をこう述べている。

これから語られる事実は、歴史家たちが時間と紙幅がないためにときには無視する、劇的で生き生きした現実に属するものだ。とはいえ、ここは力説しておくが、そこにこそ生命、鼓動、人間のおののきがあるのだ。すでに述べたと思うが、ささやかな細部はいわば、大きな出来事の葉叢であり、歴史の遠景では消えてしまう。「暴動の」と呼ばれる時代は、この種の細部にあふれている。（…）だから筆者は、いちおうは知られ、公表されている細部のなかでも、世人にまったく知られていない事柄、ある者たちが忘れてしまったか、別の者たちが死んでしまったために看過されている事実を明らかにしよう。（4-10-2）

そして、この反乱を題材に選んだことを正当化するために、かなり恣意的に、反政府運動を「暴動」（émeute）と「蜂起」（insurrection）とに区別する。それから、両者とも人民の「正当な怒り」だが、「暴動」は物質的な問題から生まれ、もっとも忌まわしい蛮行に堕すことがあるから不当であるのにたいして、「蜂起」は精神的な現象であり、もっとも神聖な義務となりうるから正当であるとする。そしてこの観点からすれば、たとえば七月王政崩壊後、第二共和政下で起きた一八四八年の六月の事件は「自由、平等、友愛にさからい、普通選挙にさからい、万人による万人の統治にもさからって」、「共和国を攻撃」する「人民の人民にたいする反乱」、すなわち「暴動」だったという(5-1-1)。だから、当時の政府がこれと戦い、鎮圧したのも当然だった(なお、ユゴー自身は議会の代表団の一員として、命がけで暴徒の説得にあたった)。これに反して、三二年の六月の場合は「蜂起」であり、この蜂起には「その急速な勃発においても悲壮な消滅においても」、共和国の理想に殉じようとする高邁さがあったという。

要するに、ユゴーには、世間によく知られている(そしてみずからよく知っている)四八年の「六月暴動」などのような反乱より、あまり知られていない(みずからもよく知らない)三二年の六月の蜂起のほうが、フランス革命の理念を引き継ぎ、高めるものとして理想化し、みずからの思想を述べるのに好都合だったのだ。

また「世人にまったく知られていない事柄」を明らかにすると述べているが、大半は彼のフィクションであり、そこに四八年の六月暴動や五一年一二月二日のルイ・ナポレオンのクーデター時の抵抗の記憶が入り混じっているとみなすのが自然だろう。ただ、ユゴーの三二年六月蜂起の描写には歴史学的に議論の余地が充分ありうるし、じっさい、この蜂起にはアンジョルラスのような革命的な共和派だけでなく、王党派、ボナパルト主義者、反ルイ・フィリップ派なども加わっていたなどと、事実と小説のあいだに相当な違いがあるという指摘もなされている。

理想を求めた敗者たちへの共感

だが、ユゴーはそんなことを気にしない。なぜなら、ここでも彼にとって大切なのは事実ではなく「フィクションのリアリティー」だからである。

彼は自由に想像力を働かせながら、独特の荘重な文体で、コレラが流行するなか、共和派のラマルク将軍の葬儀のさいに自然発生的に起こった民衆反乱を詳述していく。シャンヴルリー通りにバリケードを築き、コラント亭に本拠を置いて蜂起を率いていた《ABCの友の会》のメンバーの壮絶な戦いの描写は、第二部第一篇の「ワーテルロー」に劣らず、むしろそれ以上に長大であり、読者に感銘をあたえる迫真的で感動的なものである。ここでユゴーは徹底して蜂起者の側に立ち、「共和国万歳!」と叫びながら死んでいく彼らの悲壮な敗北を、共和政の理想を擁護しながら、格調高く謳いあげている。

小説の発表時期を考えれば、むろんこれはもう一〇年もつづいている第二帝政の君主制に異を唱え、対抗しようとする間接的、象徴的な身振りでもあった。だがそれだけではない。彼は彼らの悲劇的な敗北をこのように解釈するのだ。

成功しようがしまいが、未来のためにたたかう輝かしい闘士たち、ユートピアの殉教者たちには感嘆せずにはいられない。たとえ挫折しようと、彼らは尊敬に値するのであり、そしておそらく、その失敗のうちにこそ、ますます彼らの尊厳が見られるのである。進歩に沿ってのことであるなら、勝利は諸国民の称賛に値する。だが、壮烈な敗北もまた感動にふさわしい。勝利は壮麗であり、敗北は崇高である。成功よりも苦難を好む筆者にしてみれば、ジョン・ブラウン［十九世紀アメリカの奴隷解放論者だったが、一八五九年に絞首刑にされる。ユゴーは『言行録』のなかで果敢なブラウン擁護論を展開している］はワシントンよりも偉大であり、ピサカーネ［十九世紀イタリアの工兵士官で愛国的革命家だったが、反ナポリ王国遠征のさいに戦死］はガリバルディーよりも偉大に見える。

だれかが敗者の味方になってやらねばならない。（5-1-20）

おそらくここには、皇帝ナポレオン三世との戦いに敗れ、亡命の地にあるユゴー自身の苦い思いもいくらかこめられているのだろう。彼には「敗者の味方」になり、敗北した崇高な者たちに共感し、彼らに託して「劇的で生き生きした現実」を言葉に残す充分な理由があったからだ。

ただ「成功よりも苦難を好み」、「敗者の味方にな」るのは『死刑囚最後の日』や『クロード・グー』など、二〇年代後半以降の彼の活動の一貫した立場であり、これが初めてでも最後でもない。だから彼の念頭にあるのはナポレオン三世の時代にとどまらず、それ以上に、つぎのようなより普遍的な人類の「進歩」(progrès)の理想のことだったろう。

進歩という理想

ユゴーは『レ・ミゼラブル』のなかで人類の進歩をこのように述べている。

> 進歩は人間の様態である。人類の全体的な生命は〈進歩〉と呼ばれ、人類の集団的な歩みも〈進歩〉と呼ばれる。進歩は歩をすすめる。進歩は天上的および神的なものに向かって人

間的な、地上の大旅行をおこなう。だが進歩はときに休止し、足の遅い者たちを再結集する。(…)進歩にはそれなりの夜があり、この夜には眠る。それゆえ、人間の魂をつつむ影を見、暗闇のなかで模索しながら、眠りこんだ進歩を呼びさますことができないのは、思想家にとって悲痛な不安のひとつになる。(…)絶望する者は間違っている。進歩は間違いなく覚醒するのであり、とどのつまり、たとえ眠りこんでいても、歩を進めたのだと言いうるだろう。なぜなら進歩はそれだけ大きくなっているのだから。（5-1-20）

進歩は人間の存在理由であり、人類の歴史は進歩の歴史である。ただ進歩は一直線的には進まず、ときに停滞することがある。しかし、進歩は眠っているかに見えても、必ず大きくなって覚醒するのだから、ひとつぐらいの挫折で絶望するにはおよばない。なるほどこのような「進歩」史観に照らせば、三二年六月の蜂起者たちの挫折も一時的な「進歩の休止」として位置づけられ、「進歩に沿った」ものとして正当化されて、崇高なものになる。

精神の進歩史観

ところで、ここで強調されている「進歩」という観念、「天上的および神的なものに向かって人間的な、地上の大旅行をおこなう」進歩という観念は、ユゴーの政治思想の核心となる観念なのである。《ABCの友の会》の若者たちも最初に「全員がフランス大革命の直系の息子たち」であり、「〈進歩〉という、ひとつの宗教をもっていた」(3-4-1)と紹介されている。ただユゴーのいう「進歩」は彼の社会主義と同様、地上的、物質的なものにとどまらず、精神的、形而上的なものに関わることに特徴がある。そのことを彼はこう述べている。

いま筆者が物語っているような戦闘は、理想にむかう痙攣にほかならない。(…)筆者はこの物語の途中、そのような進歩の病気、つまり内戦というものに出会わねばならなかった。これは(…)真の表題を〈進歩〉とすべきこのドラマの避けがたい局面、一幕であると同時に幕間でもある局面のひとつであった。

進歩!

筆者がしばしばあげるその叫びこそ、筆者の全思想なのであり、(…)

いまこのとき読者が眼前にされているこの書物は、その全体においても細部においても、たとえいかなる中断、例外、過失があろうと徹頭徹尾、悪の善への、不正の正義への、虚偽の真実への、夜の昼への、腐敗物の生命への、獣性の義務への、地獄の天国への、無の

神への前進である。出発点が物質でも到達点が魂に、最初は水蛇《ヒュドラ》でも最後が天使になる前進なのである。（5-1-20）

いかにもユゴーらしい超越的な言い方になっているが、いずれにしろ彼は「進歩」、すなわち人間生活の物質的および精神的な向上こそが『レ・ミゼラブル』の真の主題であり、彼自身の「全思想」だと考えている。だからこの小説には、また他の多くの作品にも、「進歩」およびその同義語の「前進」「向上」といった言葉が頻出するのである。主人公ジャン・ヴァルジャンの物語もまた、彼の内面の「進歩」の過程として読めるだろう。

進歩はブラックユーモアか

ただ、現在では「進歩」という言葉はあまりにも安易な常套句として、ひどく評判が悪い。さきにすこしふれた最後の演説でアンジョルラスが、

二十世紀は幸福になるだろう。二十世紀には、古い歴史にあったようなことはなにひとつ起こらないだろう。(…)もはや飢餓、搾取、悲嘆による売春、失業による貧困、死刑台、

剣、戦闘、絡みあった事件のなかで偶然おこる略奪などを恐れることもなくなるだろう。(…)みんなが幸福になる。地球がその定めを成就するように、人類はその定めを成就するだろう。
（５‐１‐５）

と二〇世紀の人類の進歩と幸福を予告しているが、じっさいに二〇世紀を経験した者にはただ白々しい絵空事、あるいはブラックユーモアとしか思えないだろう。飢餓、搾取、貧困、戦争などは消滅するどころか、ただ規模を拡大しただけなのである。

たしかにユゴーが期待を寄せた科学技術は飛躍的に進歩して人類に恩恵をもたらしたが、また核爆発など途方もない災厄を引き起こし、「みんなが幸福になっている」とはとうてい言えない。むしろフロベールの名高い文句、「人類はたしかに進歩するが、その進歩と同時に愚行もまた進歩する」のほうが現実に近いと言いたくなるほどだ。

永久革命としての進歩

だがあまりシニックにならず、ここではユゴーの「進歩」の観念にもうすこしだけつきあっておくことにしよう。

人間の精神が時代とともに成長し、また歴史も時代を追って完成に向かうという西洋の進歩思想は、コンドルセ『人間精神進歩の史的展望』など一八世紀の啓蒙思想にはじまり、マルクス主義に典型的に見られたように、一九世紀には大いに普及していたのだから、ユゴーの「進歩」史観は特に目新しいものではない。だが、それでも一見したほど単純な楽観論ではない。そこではただ即物的、現世的なものだけではなく精神的、形而上的次元にも重点がおかれているからだ。これに関して彼は「神」と題するこんな詩を書いている。

未来は天使として現れるまえに、幽霊のように見える。
歩け！　未来に向かいたい者は覚悟すべきだ、
　あらゆる偉大な戦闘を。
もし人間が苦労なしに神を手にし、戦いも動揺もなしに、
地獄を墓場に追いやることができると思うなら、
　間違うことになるだろう。
よりよきものの出産にはそれなりの痙攣がある。
天においてはすべてが公転《レヴォリューション》(革命)によってなされる。

進歩とは何か？　輝かしい災厄である。

人間は向上し、進歩するように運命づけられているが、それには公転という自然の必然と違って、まず進歩への不断の意志が不可欠であり、社会の古い秩序・制度・教義からの解放の闘いが不可避になる。人間社会の進歩はけっして自然発生的なものではなく、つねに軋轢、「痙攣」を伴うが、それは「輝かしい災厄」なのだという。

だから彼の「進歩」の概念はけっして時代的なものにはとどまらず、いわば超時代的なものになる。「世界の平和にほかならない秩序が確立され、調和と統一が支配するまで、進歩はなん段階もの革命を経ることだろう」(5-1-20)と彼は述べ、そのことを別の詩で「聖なる旅」と呼んでこう書いている。

あるときは砂になり、あるときはサバンナ草になる地上で、
たがいに結びついて長いキャラバンをなし、
定かならぬざわめきのなかで思想を交換しあい、
法律、事実、風俗をひきつれて、

永遠の旅人たる精神が前進する。
ある者は旗を掲げ、ある者はアーチを運ぶ。
この聖なる旅には〈進歩〉という名がある。
ときどき彼らは立ち止まる、夢見がちに、注意深く、息をはずませて。
やがてふたたび出発する、さあ、出かけよう！　互いに呼びかけあい、
助けあって、彼らは行く！　地平のあとには地平がつづく、
平原のあとには平原が、頂上のあとには頂上がつづく、
ひとはつねに前進するが、到達点はけっしてない。

ここで言われている「進歩」はほとんど人間の永久革命ともいうべき遠大な展望をもつ「聖なる」歩みである。しかも、この歩みには到達点がないという。

人間性への信頼と期待

それでもユゴーは、「ふたつの原動力としての、信じ、愛するという力がなければ、人間を出発点とも、進歩を目的とも理解できない」（2-7-6）と断言する。さらに、別のところでは、

「運命に由来する人間的不幸と、人間に由来する社会的不幸という二重の不幸を描くのは疑いもなく有益な試みである。だが、この試みが進歩というその目的に十全に達するには二重の信念を前提とする。すなわち、地上の人間の未来、つまり人間としての改善への信念、地上の外における人間の未来、すなわち精神としての改善への信念である」(『哲学 ある本のはじまり』)とも明言している。

これらの記述から、進歩という目的は、究極的にはユゴーがけっして捨てない、人間性への信頼と期待の原則のようなものだと解される。だとすれば、このような多少なりとも楽観的な進歩の原則はニヒリズムかシニシズム、あるいはたんなる生活享受主義に陥らないために、だれしもがいくぶんかもっているはずのものであろう。そしてこの原則はときには思い出される必要がある。さもなければ、「人間の歴史とは同じ愚行の繰り返し」(クンデラ)、あるいは「〈歴史〉とはすなわち、人類の無自覚的、全体的、集団的な生活のこと」(トルストイ)といった事態になってしまうだろう。いや、「多くの人間たちがうつむき、気高い魂を忘れているこの一時期に、生きている多くの者たちが享楽することのみを道徳と心得、手っ取り早く見苦しい物質的な事柄ばかりに気を取られている」(2-7-8)、反知性主義的ないわゆる世界のグローバル化の進展とともに、すでにそうなりかけているのかもしれないが。

世代を超えて引き継がれる進歩

ここで、ユゴーの「進歩」観の超世代的な側面と思われる事例をひとつだけ挙げておこう。

たいていの仏和辞書に、

gavroche【男性名詞】(機知に富んで生意気な)パリの腕白小僧。(註)ユゴーの小説『レ・ミゼラブル』中の登場人物から。【形容詞】機知に富んで生意気な、抜け目がない、向こう気が強い。

といった記述が出てくるガヴローシュのことである。彼はこのように普通名詞、形容詞にまでなっているほど有名で人気のある登場人物だが、両親は悪の権化のようなテナルディエ夫婦である。両親にまったく愛されず、家から放り出されてパリの浮浪児になったが、そんなことにまったく拘泥せず、ときどき両親を訪ねたりしている。陽気で心優しい彼は、悪党モンパルナスが手に入れた財布を失敬し、みずからの空腹もかえりみず、貧しいマブーフ老人の庭に放り込んでやったりするし、ある朝路上で途方に暮れているふたりの子供を、じぶんの弟たちだとも知らず、保護してやったりもする。

ここで注意したいのはこういうことだ。ガヴローシュは、勇猛果敢にバリケード戦に加わって結局死んでいく（5-1-15）。だが、その直後の第一六章「いかにして兄が父になるか」では突然場面が変わって、飢えた彼の弟たちがリュクサンブール公園で食べ物をあさる情景が描かれる。

ふたりはやっとのことで泉水盤に浮かんでいる菓子パンを見つけ、兄がふたつに分けた菓子パンの大きいほうを弟にあたえて、「こいつを口に詰めこんでやりな」と言う。この台詞は、かつてガヴローシュが、三つに分けたパンの大きいほうのふたつをこの兄弟にあたえたときに口にしていたものだった（4-6-2）。

つまり、このエピソードはガヴローシュの死のあと、その美質が弟に引き継がれると暗示されているとしか考えられないのだ。これはどういうことか。人間の人格は必ずしも遺伝もしくは伝統によって決定されるわけではなく、たとえ親子でも正反対の性格が形成されうるし、また予期せぬ形で美質が他者に継承されうるということだろう。ユゴーの楽観的な「進歩」観には、ここでもこのような超時代的な人間性への信頼と期待の原則が貫かれているのである。

（3）死刑廃止論

司教の衝撃

ユゴーが唱える「進歩」のなかには、「獣性から義務への前進」のひとつの具体例として死刑廃止の訴えがある。あまり注目されることはないが、『レ・ミゼラブル』第一部第一篇第四章にも、「正しい人」ミリエル司教が、病気になった教誨師の代わりとして、死刑判決を受けた曲芸師の男の処刑現場に立ち会う場面がある。

彼はギロチンを見たことが衝撃になり、長いあいだ打ちひしがれ、立ち直れない。そして、なにかをじぶんに責めるように「わたしはあれがあんなにもおぞましいものだとは思っていなかった。人間の掟に気がつかないほど神の掟に没頭するのは間違いだ。死は神にしか属さない。いったいどんな権利があって、人間はこの未知なるものに手を出すのであろうか？」と煩悶する。以後、彼は死刑場を見るのを避けるようになるのだが、ユゴーは司教のこの動揺をこう解説する。

じっさい、そこに据えつけられ、そびえ立っているときには、死刑台にはどこかひとに幻覚をあたえるようなところがある。ひとは我とわが目でギロチンを見ないかぎり、死刑についてある種の無関心をたもつことができるし、賛成だとも反対だとも言わずに、いっさい意見を明らかにしないこともできる。しかし、一度でもギロチンに出会ってみると、その動揺は激しく、死刑に賛成か否かを決めて、態度をはっきりさせねばならなくなる。(…)死刑台はそれがおこなうことと渾然一体となっておぞましく見える。死刑台は刑執行人の共犯者であり、なんでも貪り、肉を食らい、血をすする。死刑台は裁判官と大工によってつくられた一種の怪物だ。じぶんがあたえたすべての死からなる、どこかぞっとする生命力で生きているような幽霊である。（1-1-4）

『レ・ミゼラブル』では他にも、ルイ・フィリップを称える理由のなかで、死刑のことに言及されている。

この国王は「ひとりの人間を死刑執行人の手から奪いと」ることを対外政策におとらず重要なこととみなし、テーブルに積まれた訴訟資料をみずから調べた。彼はベッカリーアの古典的な死刑無用論、『犯罪と刑罰』に注釈をつけるほど死刑を生涯嫌悪し、できるかぎり恩赦をあたえた。その結果、「彼の治世の初期には、死刑は廃止されたも同然」だったとユゴーは尊敬をこめて書いている(4-1-3)。じっさいユゴー自身も、三九年に反政府デモを主導して死刑に処されていた革命家アルマン・バルベスの特赦の請願をおこない、ルイ・フィリップに認められたという経験もあった。

公開処刑の目撃

ここから先は『レ・ミゼラブル』の「哲学的な部分」の解説から一旦離れることになるが、ユゴーの思想の根底にある宗教観、また後世への影響という点できわめて重要だと思われるので、以下やや長い補足をしておきたい。

ユゴーは政治的な主義こそ度々変えたが、一貫しているのは死刑廃止論であって、機会あるごとにペンの力および実際の行動によって、その必要を訴えつづけた。

モロワらの伝記作家たちによれば、この問題で彼の原点になったのは、五歳のとき、母と兄たちと一緒に父親の任地ナポリに行く道中のある山林で、通行者を脅す目的でいくつもの死体がバラバラにされ、道端に並べられていたのを見て恐怖を覚えたときだったという。次に、九歳のとき、やはり家族と一緒に父親が将軍になっていたスペインに行ったとき、ナポレオン軍にたいして蜂起したスペイン人の死体が十字架にかけられ、見せしめにされているのに衝撃を受けた。さらに、一〇歳のとき、名付け親のラオリーが死刑判決をうけて銃殺された思い出もあった。もちろんこのような幼児体験ばかりでなく、成人してからも、パリのグレーヴ広場で公開処刑がおこなわれる光景を何度も見ていた。

彼が初めて作品のなかでこの主題にふれたのは二三年の小説『アイスランドのハン』であり、そこでは刑場に群がって興奮している民衆について、

人間の心の奥には、不思議な感情が住みついていて、快楽と同様に、拷問の見世物にかきたてられる。(…)社会は、自分が与えたわけでもない生命を、合法的な殺人という圧倒的な儀式により、盛大にうばうことができる。このことが想像力を激しく揺さぶるのだ。無期限の執行猶予をともなって死刑を宣告されているわれわれすべてにとって、いつ自分の執行猶予が切れるかを正確に知っている不幸な人間は、異様にして苦悩に満ちた好奇心の対象なのだ。(小潟昭夫訳『ヴィクトル・ユゴー文学館』潮出版社、二〇〇〇年)

と指摘している。これはじっさいユゴーの時代の現実でもあった。

『死刑囚最後の日』の主張

ユゴーが死刑問題に真っ向から取り組んだのは、二九年の『死刑囚最後の日』においてである。この中編小説は、裁判で死刑判決をうけた囚人の手記として、彼の悲嘆、懊悩、絶望を語るもので、じっさいの死刑の場面は出てこない(ただユゴーは、三四年の小説『クロード・グー』において、死刑囚の主人公の処刑の場面を短く描いている)。この本は初め、主題が社会的タブーにふれ、どのような反響を呼ぶのか不明だったうえ、シャルル一〇世の強権的な言論統制で検閲の対象になりかねなかったために、匿名で出版された。

そして三年後、時代が七月王政に変わっていた三二年三月に、死刑廃止論を展開する長い序文を付して再版された。「手記」という形を通して死刑の残酷さは伝わってくるものの、再版の序文がなければ、この小説を死刑制度に異を唱え、その廃止を訴える書として読むのは困難だっただろう。

この序文で、ユゴーは死刑執行の様々な残酷な実例をあげる。ある死刑囚の首を切るのに死刑執行人が五度包丁を打ち下ろさざるをえなくなったとか、ある女死刑囚の処刑がされるときギロチンの不具合で首が充分切れなかったので、彼女が泣きわめくなか、死刑執行人の助手たちが彼女の足をつかんで跳ねたり、引っぱったりして首と体を切り離した等々。そして、死刑執行の見物が貧しい民衆のまれな娯楽のひとつになり、執行公示のビラが劇場の切符さながら大衆に売られているような、あさましく嘆かわしい現状を指摘したあと、死刑賛成論者に向けてこう反論する。

第一に、社会共同体は、すでに共同体に害をなし、今後もなしかねない一員を抹殺すべきだと彼らは言うが、もしそれだけのことだったら、終身懲役で充分だろう。死が何の役に立つのか。看守で充分なところには、死刑執行人の用はないのである。

第二に、社会は犯人に報復し、懲罰しなければならないと言うが、そのいずれも認めがたい。なぜなら、復讐は個人に関わることだが、懲罰は神に関わることだから。

第三に、死刑には見せしめ、つまり死刑の恐ろしさを公衆に見せつけて、犯罪を抑止する効果があるとよく言われる。しかし、処刑の光景は民衆を教化するどころか、民衆を退廃させ、民衆の感受性、したがって徳性を毀損するだけなのである。

ただ意外なことに、この時点でユゴーは必ずしも直ちに死刑廃止を訴えたわけではない。とりあえず死刑判決は慎重におこなわれるべきだとしか言っていないのだ。

制度廃止のための奮闘

ユゴーがこの制度の廃止に向かう努力を本格的に開始するのは、議会活動をするようになったときからである。一八四八年の「二月革命」によって成立した第二共和政の臨時政府は、死刑廃止論者だったラマルチーヌの肝いりで、政治犯の死刑を禁止する条項を憲法に入れた。むろんユゴーはこれに大賛成で、個人的にラマルチーヌに感謝状まで書き送っている。その数か月後の同年九月にはこの条項を修正し、今度は政治犯だけでなく、すべての犯罪に死刑を禁止する旨の法案が議会に提出された。ここでユゴーがおこなった賛成演説には、その後多くの死刑廃止論者が好んで引用する有名な文句がある。

死刑とは何か？　死刑とは野蛮さの特別で永遠のしるしである。死刑が乱発されるところはどこでも、野蛮が支配する。死刑がまれなところはどこでも、文明が君臨する。これは異議の申し立てようのない事実である。刑罰の緩和はひとつの偉大で確固とした進歩である。一八世紀は、この世紀の栄光の一部分として、拷問を廃止した。一九世紀は死刑を廃止するだろう。(…)わたしは死刑の端的で最終的な廃止に賛成の票を投じるものであります。

（『言行録』）

しかし、このような熱弁も結局功を奏さず、法案は否決されることになった。

なにごとであれめげるということを知らないユゴーは、息子のシャルルがルイ・ナポレオン大統領時代の五一年六月、主宰する《エヴェーヌマン》紙にエーヴル地方のある密猟師の死刑執行時の酷薄さを伝える記事を掲載し、セーヌ県重罪裁判所に召喚されたとき、みずから弁護人の役割を買って出た。

彼は、じぶんは「野蛮な刑罰の名残り、反座法というあの古くわけのわからない掟、血には血を、というあの掟と生涯戦ってきた人間であり、今後も胸に一息でも残っているかぎり、全力で戦いつづける」と宣言する。そして、法廷の奥に置かれているキリストの磔像を指さしながら、「そこにおられ、われわれを眺め、聞いておられるあの死刑の犠牲者、二〇〇〇年まえ、幾世代もの永遠の教えとして、人間の掟によって神の掟が釘付けにされたことを示すあの磔柱のまえでそう誓う」と、カミュの『異邦人』に出てくる予審判事さながらの芝居がかった台詞を吐く。さらに、「人間の生命の不可侵性」に基づく死刑反対という信念は、じぶんが息子に教え込んだものであるから、「この事件の真犯人はこのわたしだ。息子よりもこのわたしを裁いてもらいたい」と啖呵を切って見せた（『見聞録』）。

ユゴーの雄弁も空しく、裁判所はシャルルを投獄し、《エヴェーヌマン》紙は発禁になったが、シャルルの協力者だったモーリス・ヴァークリーらが、《エヴェーヌマン》紙を引き継ぐ《アヴェーヌマン・デュ・ププル》紙を発刊すると、ユゴーは激励の手紙を送る。

わたしはあなたに、あなたと同様、勇敢にも聖なる進歩の戦いを引きうける者たちに言う、さあ、行け、気高い精神の持ち主たちよ！　信念をもて！　あなたがたは強いのだ。あなたがたには時間が、未来が、過ぎ去る時とやってくる時が、必然性、自明性、地の道理、天の正義が味方しているのだ。

ところが発表されたこの手紙が官憲によって告訴され、禁固六か月の判決がくだされた。しかも、それは手紙を書いたほうではなく、受けとったほう、つまりモーリス・ヴァークリーにたいしてであった。不条理にも、彼はシャルル・ユゴーと同じ牢獄に送られたのである。

ユゴーの成果

その後亡命生活を強いられたユゴーは、それでも国際的な名士であり、ガーンジー島、ベルギー、アメリカ、イタリア、スイス、ポルトガル、メキシコなどにおける死刑問題に、あるいは政府への書簡、あるいは新聞への寄稿の形で介入した。ここでは、スイスの死刑廃止へのユゴーの関わりについてのみ、取り上げておく。

一八六二年一一月、ユゴーはスイスの進歩的共和主義者のボストという人物から手紙を受けとった。スイスでは議会で憲法改正の論議がおこなわれたが、死刑廃止の条項は採択されなかった。しかし近々この問題について新たな論議がはじまる予定だから、是非ともご意見を寄せていただき、じぶんたちの力になってほしいという文面だった。

ユゴーは快諾し、長い返事を書き送った。文面の趣旨はこれまで見てきたものとほぼ同じだが、いかにもユゴーらしい華麗な修辞を駆使し、「死刑は見せしめにならず、正しくも、有益でもない。では、これは何か？ ただ存在するだけである。死刑はそれ自体のうちにしか存在理由をもっていない。ギロチンのためのギロチンだ！」(前掲書)などと呼びかけた。

この手紙は手違いで届くのが遅れ、ジュネーヴの議会は二度目の審議で、死刑廃止の条項がない議案を議決してしまっていた。だが、これを承認する国民投票が一二月七日におこなわれることになっていたため、ユゴーはボストに再度書き送り、その手紙を新聞に公表するよう勧めた。これが功を奏し、議会の提案は国民によって拒否されることになったのである。

同種の事態は六七年にポルトガルでも起こったが、肝心のフランスでは「獣性から義務への前進」はなかなか多難で、死刑制度廃止が現実になったのは、ユゴーの死から約一〇〇年後の一九八一年、ミッテラン政権の法務大臣ロベール・バダンテールの尽力によってだった。バダンテールはこの運動の先駆者として、ことあるごとにユゴーに言及し、『クロード・グー』のオペラ脚色さえおこなっている。

このように「進歩」の足取りは緩やかなのだが、フランスの諺にあるように、遅れてもしないよりまし、と言うべきだろう。なにしろ、裁判員制度の導入によって一般市民が被告の量刑に関与し、すでにこの制度によって何度も死刑判決がくだされているこの国をふくむ、ヨーロッパ以外のアジアの多くの国にはいまなおこの野蛮な刑が残っているのだから。

以上「死は神にしか属さない」という立場から主張されるユゴーの死刑廃止論をたどってきたが、最後に彼がその神をどのように理解していたのか検討することで、彼の宗教観に話をうつすことにする。

(4)宗教観

無限という観念

一八六四年から一九六二年の第二ヴァチカン公会議までのほぼ一〇〇年間、『レ・ミゼラブル』は、〈教会〉の禁書リストに入っていた。小説の冒頭には「正しい人」ミリエル司教を登場させ、主人公ジャン・ヴァルジャンはキリストの教えにほぼ忠実に従っているというのに、いったいなぜなのか。それはむろん、〈教会〉の正統的な教義に反する深刻な内容がふくまれていたからだ。

ユゴーがみずからの宗教観を述べているのは、主にジャン・ヴァルジャンとコゼットが紛れ込んだプチ・ピクピュス修道院のことを長々と説明したあとの「余談」と題されている第二部第七篇である。

その第一章は、「本書は「無限」を主人公とする劇である。人間は脇役である」(2-7-1)という難解な文章ではじまっている。難解というのは、この「無限」(infini)という言葉が何を意味しているのか、必ずしも判然としないからだ。しかもユゴーは「ここは特定の概念をむやみに述べ立てる場所ではない」と言って何も説明しないので、読者はなおさら困惑せざるをえない。

だが、「無限」は「進歩」と並んでユゴー思想の二大キーワードなのである。すでに引用した事例では、ナポレオンについて「無限のなかで告発され、その失墜が決定されていた」(2-1-9)とか、ワーテルローについて「だが無限にとって、それがなんであろうか？　あの嵐、あの雲、あの戦争、それからあの平和、あの影などは、ただの一瞬もかの広大無辺の目の光を乱すことはなかった」(2-1-18)などと述べていて、この「無限」は超越的な存在、ほぼ「神」の同義語と見なしうる。

じっさい、この篇でも「無限、すなわち神の意志を否定することは、無限を否定するという条件でしかなされえない」(2-7-6)、「進歩は目的であり、理想は典型である。理想とは何か？　神である。理想、絶対、完全、無限。これらは同じ言葉である」(2-7-6)と断言しているのだから、「無限」とは神、もしくは神の属性のひとつだと考えて間違いないように思われる。

無宗教者にも感受される無限

ところが、「祈り」とは何かを説明するところで彼はこう書いている。

わたしたちの外部に無限があると同時に、わたしたちの内部にも無限があるのではなかろうか？　このふたつの無限（なんと恐ろしい複数だろうか！）は互いに重なりあっているのではないだろうか？　第二の無限はいわば第一の無限のしたにあるのではないか？　第一の無限の鏡像、反映、反響、もうひとつの深淵と同心円を描く深淵なのではないか？（…）もし、このふたつの無限に知性があるなら、それぞれの無限にはなにかを意欲する原則があることになり、下方の無限のうちに自我があるのと同様、上方の無限にも自我があることになる。この下方の自我が魂であり、この上方の自我が神なのである。

思いをこらすことによって、下方の無限を上方の無限と触れ合わせること、これが祈ると呼ばれることである。（２－７－５）

ここでは「無限」は神の属性のみならず、人間の魂だとも言われている。そして、魂がひたすら神に思いをこらすことが「祈り」と呼ばれている。また別のところでユゴーはこのふたつの無限の一致である「良心」のことや、「進歩という崇高な仕事を認める有限」「有限と無限の人間的および神的な結合」(5-1-16)といったことも語っている。

さらに、このように考えられる「無限」の感受は古今東西、どんな宗教にも元来備わっているものであり、場合によっては特定の宗教を信じない人間さえもが経験するものだという。たとえば、ミリエル司教が瀕死の元国民公会議員Gとフランス革命をめぐる論争をする場面がある。そこで、極めつきの反キリスト教者の革命家Gは、カトリックの司教の祝福を拒否し、天のほうに指をあげて、「無限は存在する。あそこが無限だ。もし無限に自我がないのなら、(…)無限は存在しなくなるだろう。ところが無限は存在する。だから無限には自我がある。その無限の自我、それこそ神なのだ」(1-1-10)と言う。Gは、ほぼユゴー自身と同じように「無限の自我」を神と見なしているのだ。そして、ミリエル司教にはこれが「未知の光明」だったという。これは、少なくともキリスト教の神の概念を踏み越えるものだろう。

じっさい、『レ・ミゼラブル』出版当時、カトリック教会および信者たちの顰蹙をもっとも買ったのはこの箇所だった。これにかんして、ユゴー学者ピエール・アルブイは、ユゴーにおける「神は無限そのものだが、ちょうど人間の魂が肉体の上位にあるのと同じように、神は無限の上方にある。ただ、ユゴーの教義をあまりに厳密にしようとすれば、私たちは間違うことになるかもしれない」と述べている。たしかに、無限を定義すれば限定することになり、無限はすでに無限でなくなる。だから、「理想、絶対、完全、無限。これらは同じ言葉である」といったふうに同義語の列挙でしか語りえないものになるのだろう。そこで私たちも無限とは彼の神とその属性、もしくは神の別名のことだと簡単に考えておく。

制度・政治としての宗教の批判

ユゴーはこのような無限＝神という信念に基づき、修道士・修道女たちの敬虔な「祈り」には深い敬意を払いながらも、修道院制度を時代錯誤的なもの、自由のない非人間的なものとして否定する。

修道院生活はもはや時代的な役割をおえてしまった。近代文明の初期の教育として有益だった修道院も、文明の増大のさまたげになり、その発展に有害になった。制度および人間形成の様式としての修道院は、十世紀には善きものであったが、十五世紀には疑わしいものになり、十九世紀では憎むべきものになっている。（2-7-2）

死滅したものを無限に永続させ、死体を防腐保存することによって人間を支配することを夢みたり、通用しなくなった教義を復活させたり、(…)迷信を新しくしたり、(…)過去を現在に押しつけたりするなど、じつに奇怪千万なことに思える。(2-7-3)

また、同じ観点から修道院制度のみならず、教会組織をこんなふうに批判している。

神父を遠ざけることは、神を遠ざけることではない。パリサイ主義を斥けることは、祈りを斥けることではない。それどころではない。堕落した聖職者にたいする墓場の死者たちの憤慨は、神へのより深い呼びかけなのだ。思想家は宗教それ自体にたいしてけっして抗議せず、宗教を偽造する人間的な不純物の過剰にたいして抗議するのだ。人間があまりに多すぎるところに、神はもはや充分に存在しない。この二行は、哲学者が偶像崇拝と迷信に反対して言いうるすべてだ。宗教自体は、内在的な事実の放射そのものであるから、ずっと残る。瀕死の者が斥けるのは宗教ではなく、宗教の亡霊なのだ。じっと顔を見ようとする者は仮面を眺めたがらないものだ。

(『哲学　ある本のはじまり』)

これは制度としてのキリスト教(彼の場合はとくにカトリック、それからプロテスタント)の徹底した批判である。

ただ彼にとって、この問題は信仰の問題であるとともに政治の問題でもあった。フランス革命で打倒されたカトリック(とくにジェズイット)の勢力は一九世紀になって息を吹き返し、旧体制時代の権力と影響力を回復しようと様々な試みをおこなっていたからである。そのひとつが五〇年一月に、「教育の自由」の名の下に初等教育の独占をもくろんだファルー法である。ユゴーは議会に提出されたこの反動的な法案に猛然と反対し、

あなたがたの法案には仮面がある。これは自由を外観とした隷従の考えだ。(…)あなたがたは〈教会〉の寄生虫だ、〈教会〉の病気だ。ロヨラ[ジェズイットの創始者]はイエスの敵だ。あなたがたは信者ではなく、じぶんでも分かっていないある宗教の狂信者なのだ。聖性の演出者だ。あなたがたの問題、陰謀、戦略、教義、野心と〈教会〉とを混同しないでもらいたい。

(『言行録』)

と言葉激しく非難するのをためらわなかった。

権威からの自由

ユゴーはヴォルテール主義で反教権主義者の母親ソフィーの意志で洗礼を受けず、みずからの死にあたっても宗教的儀式はいっさい禁止している。しかし彼は同時代の社会主義者たち、あるいは唯物論者たちのように「神もなく主人もなく」を標榜する無神論者ではなかった。「なにかしらの信仰は人間にとって必要である。なにも信じないものは不幸なるかな！」と考え、「筆者は個別のいろいろな宗教には反対だが、宗教そのものには賛成する」と断言している(2-7-8)ように、「なにかを信じ、祈る」宗教は肯定するが、それ以上の諸々の教義、教権主義については徹底して斥けたのだ。彼の遺言は「私は貧者たちのような霊柩車によって墓場に移されることを望む。私はあらゆる教会の祈禱を拒否する。私はすべての者たちの魂のための祈りを求める。私は神を信じる」というものだった。

こうしてユゴーはいかなる政治権力からも、宗教権威からもあくまで自由な立場を貫こうとした。そのため、当時からカトリック教会・信者たちの反感を買い、彼の国葬にたいしてもパリ大司教が大反対したという。『レ・ミゼラブル』が一〇〇年間法王庁の禁書にされていたのも当然だったのだ。それにしても、当時の皇帝と法王を同時に敵に回すなど、だれにでもできることではない。

ピエール・アルブイはユゴーの立場を「理神論とキリスト教の中間」と位置づけているが、「無教会派のキリスト教」、「理神論左派」あるいは異端、さらに汎神論だと言う論者もいる。私には何とも断言しがたいが、少なくとも「なにかを信じ、祈る」こと、あるいはフロベールが言った「宗教を生み出した感情」や、おのれを超えるものへの「健全な隷従」は、人間には必要なことだと思われる。セネカも「偉大な運命とは偉大な隷属のことである」と述べていた。そう言わずもがなのことながら、人はなにかしらを信じることなしに生きることはできない。そうでなければ、「大地は信心のない骸骨と同じようになる」（ルネ・シャール）だろう。

おわりに

もっとも信頼すべきユゴーの伝記作者、ジャン＝マルク・オヴァスによれば、ユゴーは世界でシェイクスピアに次いで研究されている作家であり、パリの国立図書館に所蔵されているユゴー研究書を全部読むには、一日一四時間かけるとしても二〇年間必要だという。また未刊のもの、書簡などもふくむユゴーの残したすべての作品・文書・書類を読むには、毎日それに専念しても、一〇年はかかるという。さらに、マリオ・バルガス・リョサは、まるまる二年間ユゴーの作品と関連資料を読んだが、結局、人はユゴーとは何者かを知ることはけっしてないと分かっただけだと言っている。

だから私のごとき浅学非才な者が、たとえ対象を『レ・ミゼラブル』にしぼるにしても、ユゴーについて論じるのは、滑稽千万な蛮行にはちがいない。まして私は一九世紀フランス文学の専門家ではなく、たんに何年かまえに、『レ・ミゼラブル』を全訳したというだけの人間である。それでも、翻訳中に知りえたこと、気がついたこと、もしくは気になったことをメモしておいた。また、ユゴーがなにを、あるいはだれのことをどこに書いていたか、だいたいは思い出す、あるいは見当をつけることができる。そこで、有名な小説だが、めったに通読されないことでも有名な『レ・ミゼラブル』の手頃な概説書のようなものを書けば、読者と原作をつなぐ橋渡しになるかもしれないと考えた。

作品の全容は見えているし、物語の勘どころ、著者の呼びかけ・訴えの核心などはだいたい分かっているのだから、そう難しい仕事ではないだろうと最初は高をくくっていた。ラフ・プランをつくって書きはじめ、歴史的事実や作品の概要を述べるところまでは順調に進んだ。ところが、その先をどのように進めるべきかで悩んだ。『レ・ミゼラブル』はなんとも多様、多面的な性格をもった作品だからである。迷ったすえ、これまであまり知られていない彼の政治活動、それを支えた彼の思想・信念に光をあたえる読解を提示することを選んだ。それが正解だったのかどうか、読者の判断に委ねるほかはない。

ただ最後に、ひとつだけ付けくわえておくべきことがある。これまで言及する場所がなかった『レ・ミゼラブル』発表時のフランスでの受容、反響のことである。『レ・ミゼラブル』が発表されるや、フランスのみならず、ヨーロッパ各国で空前とも言える数の読者を獲得したことはすでに述べた。しかし意外なことに、批評家、作家たちに必ずしも好意的に迎えられたわけではない。ボードレールが、「ヴィクトール・ユゴー氏の新著は彼がその輝かしい慈愛について語っている司教のようにビヤンヴニュになるにちがいない。喝采すべき本、感謝すべき本」（ビヤンヴニュとは司教のあだ名で、ようこその意）と敬意を表し、ランボーが「これは一篇の詩だ」と感心したものの、フロベールはある友人にこう感想をもらしている。

『レ・ミゼラブル』の悪口を言うことはだれにも許されない。密告者のように見られてしまうからだ。作者の立ち位置は難攻不落、攻撃不可能だが（…）私はこの本のなかに真実も、偉大さも見いだせない。文体は意図的に不正確で低俗だと思える。これは大衆にこびるやり方だ。後世は柄にもなく思想家たらんとしたあの男を許すことはないだろう。

むろん、カトリックの保守的論者はだいたい、「これは最悪の作品だ。ここではすべてが演劇的な効果、もしくは大衆への追従に捧げられ、司祭、司教が跪いて国王殺害者の祝福を懇願し、ルイ一八世が大文字で〈太った豚〉と呼ばれ、唯一の興味深い人間が徒刑囚なのだ」（イッポリート・ヴィルメッサン）といった調子のものだった。

だが、もっとも辛辣な批判者は、ユゴーの友人のラマルチーヌだった。彼は「ある傑作の考察あるいは天才の危険」という評論で、私たちが見たミリエル司教と元国民公会議員Gとの会話や、カンブロンヌの「くそっ!」をもっとも立派なフランス語と言ったりする軽率さを難じ、隠語、娼婦、盗賊などを取り上げる品位のなさを嘆き、「彼の登場人物たちは貧しい人びとではなく、犯罪者と怠け者たちだけであって、だれひとりまともに働いている者はいないではないか」と指摘する。これはある程度正鵠を得た指摘だろう。さらにこの本が「危険」な理由をこう述べる。

この本はあまり知性のない人間をして不可能なものに熱狂させる。もっとも恐ろしく、災いをもたらす熱狂は、大衆にあたえる不可能なものへの熱狂なのだ。『レ・ミゼラブル』に見られるほとんどすべての熱望は不可能なものであり、その不可能性の第一のものこそ、われわれの貧困の撲滅なのである。(…)要するに『レ・ミゼラブル』には最高の才能、誠実な意図が見られるが、つぎのふたつの理由できわめて危険な本である。それはこの本が幸福な者たちをあまりにも怖がらせ、不幸な者たちにあまりにも期待をもたせるからだ。

ラマルチーヌはこのように、多くの保守的なカトリック論者と同じく、イデオロギー的、あるいはブルジョワ的に『レ・ミゼラブル』を否認した。

しかし、現代の代表的作家マリオ・バルガス・リョサは、名著『不可能なものの誘惑──ヴィクトール・ユゴーと「レ・ミゼラブル」』で、ラマルチーヌのこの批判をまったく逆に解釈する。つまり、「作品から発する感染力のあまりの強さに読者のまともな理性が影響され、夢のような冒険、桁外れの登場人物、過剰と錯乱などが真の人間的現実、可能で近づきうる現実だと思わせてしまうという批評ほど、作者にとって最高の賛辞は考えられない。ラマルチーヌは批判するつもりだったのだが、図らずもユゴーの小説の最大の長所を言い当てているのだ」と。そして、この著書をこう結んでいるのだが、私はこの意見に全面的に賛成したい。

この小説が、文学史において、あらゆる言語と文化のもっとも多くの男女に、彼らが生きている世界よりも正しく、理にかない、美しい世界を欲するよう促した作品のひとつであることは間違いない。結論として、私は少なくともこのように言うことができる。もし人間の歴史が前進し、進歩という言葉に意味があり、文明がたんなる修辞的な偽装でなく、野蛮を後退させる現実であるなら、そのことを可能にした弾みのいくらかは、ジャン・ヴァルジャンやビヤンヴニュ猊下、ファンチーヌやコゼット、マリユスやジャヴェール、そして不可能なものに向かう途で彼らを助ける者たちによって読者に伝えられる、郷愁と熱狂に由来したはずだ。また、これからもそうでありつづけるだろう。

『レ・ミゼラブル』がしばしば難解なところがあるにもかかわらず、「世界の名作」として読まれつづけている理由はそこにある。どんな人間も、少なくとも一度ぐらいは、忘れがたい素朴な記憶として、じぶんが生きている世界よりも正しく、理にかない、美しい世界を欲したはずだからである。

本書は岩波新書のために書き下ろしたものだが、部分的にどうしても「ちくま文庫」の拙訳『レ・ミゼラブル』の訳者ノート、拙著『グロテスクな民主主義／文学の力——ユゴー、サルトル、トクヴィル』(ぷねうま舎)の記述と重なってしまうところがあったことをお断りしておく。

本書の企画に当たっては岩波書店編集部の入谷芳孝氏、永沼浩一氏の格別なご配慮をたまわった。また編集の実務においては同編集部の朝倉玲子氏のきわめて適切な指摘と忠告をうけることができた。

末筆ながら、この三人の方々に心からお礼申し上げる。

二〇一七年一月末日

著　者

年表

•「年齢」はユゴーの年齢を示す。また（　）内の数字はナポレオンおよびジャン・ヴァルジャンの年齢を示す。

•「実世界の出来事」における**太字はナポレオンおよびルイ・ナポレオンに関する出来事**を、細字はその他の歴史的出来事を、それ以外はユゴーに関する出来事を示す。

西暦	年齢	実世界の出来事	小説内の出来事
1769	(0)	**ナポレオーネ・ブオナパルテ（のちのナポレオン・ボナパルト）、コルシカ島で誕生。**	ジャン・ヴァルジャン（以下JVと略）、誕生。
1795	(26)		JV、飢えた姉家族のためにパンを盗もうとして逮捕。
1796	(27)		JV、懲役5年の判決を受け、トゥーロン徒刑場へ。ファンチーヌ誕生。
1800	(31)		JV、最初の脱獄を試みる。
1802	0 (33)	2月26日、ヴィクトール・ユゴー、ナポレオン麾下の軍人ジョゼフ＝レオポール＝シジスベー	JV、2度目の脱獄を試みる。

			ル・ユゴーとソフィー・トレビュシェの三男として、ブザンソンで誕生。**ナポレオン、終身統領に就任。**	
1803	1	(34)	父の転勤に伴い、両親は別居。父とともに、コルシカ島、エルバ島で過ごすが、年末、母とともにパリへ。	ジャヴェール、トゥーロン徒刑場の看守に。
1804	2	(35)	**ナポレオン、皇帝に即位（第一帝政）。**	ミリエル、パリで偶然ナポレオンの目にとまる。
1806	4	(37)	父レオポール、ナポレオンの兄ジョゼフの元で司令官として戦功を立て、愛人と同棲。**ナポレオン、プロシア軍を撃破、ベルリンに入城。イギリスに封鎖令。**	ミリエル、ディーニュの司教になる。JV、3度目の脱獄を試みる。
1809	7	(40)	**ナポレオン、ウィーン占領。**母ソフィー、愛人ラオリーを匿う。ラオリーは子供たちの「理想の教師」の役割を果たす。ヴィクトール、ラ・リヴィエール塾でギリシャ語、ラテン語を学ぶ。	JV、4度目の脱獄を試みる。
1811	9	(42)	母ソフィー、夫との和解のためマドリードに赴くも不調。ヴィクトール、次兄とともに当地の貴族学校の修道院で過ごす。	ファンチーヌ、上京し、お針子として働く。

1812	10（43）	母ソフィー、ヴィクトールと次兄を連れ、パリへ。愛人ラオリー、マレー将軍のクーデター計画に連座し、死刑。 **ナポレオン、ロシアに宣戦布告、モスクワに攻め入るも苦戦し、撤退。**	
1813	11（44）	ヴィクトール、ラ・リヴィエール塾で勉学。 **ナポレオン、ライプツィヒの会戦でプロシア・オーストリア等の同盟軍に敗退。**	
1814	12（45）	**ナポレオン、無条件退位、エルバ島に配流。** ルイ一八世、即位（第一次王政復古）。	
1815	13（46）	両親の離婚が成立。 ヴィクトール、次兄とコルディエ寄宿学校に入学。 **3月、ナポレオン、エルバ島を脱出、パリに帰還。** **6月、ワーテルローの会戦で、同盟軍に完敗し退位、セント・ヘレナ島に配流（百日天下）。** 7月、ルイ一八世パリに帰還（第二次王政復古）。	6月、テナルディエ、ワーテルローの戦場で盗みを働こうとして偶然、瀕死のポンメルシー大佐の命を助ける。 10月、JV、釈放され、ディーニュへ。ミリエルと出会い、司教館に宿を借りるが、銀の食器を盗み、さらに少年から四〇スーを盗む。 12月、JV、モントルイユ・シュル・メールに着き、子供を助け、マドレーヌとして定住。
1816	14（47）	ヴィクトール、「ぼくはシャトーブリアンのようになりたい。それ以外はぜったい厭だ」と日記に書き、キリスト教的な詩をつくるようになる。	

1817	15（48）	ヴィクトール、アカデミー・フランセーズの詩のコンクールで激賞され、早熟ぶりが注目される。	夏、身重のファンチーヌ、恋人に捨てられる。JV、黒ガラス装飾品の製造工場を創設。ポンメルシー大佐、除籍になり隠居。
1818	16（49）	ヴィクトール、寄宿学校を出、母と同居。	ファンチーヌ、モンフェルメイユでテナルディエ夫妻に娘コゼットを預け、故郷のモントルイユ・シュル・メールのマドレーヌの工場で働きはじめる。
1819	17（50）	ヴィクトール、のちに妻となるアデル・フーシエに愛を告白。兄と同人誌『コンセルヴァトゥール・リテレール』創刊。	このころ、ジャヴェール、モントルイユ・シュル・メールに警部として配属。マドレーヌ、馬車の下敷きになったフォーシュルヴァンを助け、パリの修道院の庭師の職を世話。
1820	18（51）	ヴィクトール、「ベリー公の死のオード」により、ルイ一八世から五〇〇フランの賜金を得る。アデルとの交際を禁じられる。	マドレーヌ、市長になる。
1821	19（52）	母ソフィー死去。ヴィクトール、アデルと交際を許される。父レオポール再婚。**ナポレオン、セント・ヘレナ島で死去。**	年始、ミリエル司教死去。マドレーヌ、喪に服す。冬、ファンチーヌ、マドレーヌの工場を解雇され、お針子として働く。
1822	20（53）	処女詩集『オードと雑詠集』発表、国王から一〇〇〇フランの年金を得る。	冬から春、ファンチーヌ、テナルディエから要求される嘘の費用のために、髪や歯を売り、つ

		アデル・フーシェと結婚。	いに公娼になる。 秋、リンゴを盗んだ廉で逮捕された浮浪者シャンマチュー、JVと誤認される。
1823	21 (54)	ロマン主義的な小説『アイスランドのハン』出版、年金二〇〇〇フラン上乗せ。 長男レオポール誕生するも間もなく死亡。	1月、ファンチーヌ、田舎紳士ともめ事を起こし、ジャヴェールに連行されるも、マドレーヌに救われる。マドレーヌ、コゼットの救出を約束。 2月、JV、シャンマチューの裁判で自己告発。ファンチーヌ死亡。JV、財産を秘密の場所に隠したのち、パリで逮捕。 7月、JV、トゥーロン徒刑場に収監、11月、脱獄。クリスマス、JV、テナルディエからコゼットを引き取り、パリのゴルボー屋敷に落ち着く。
1824	22 (55)	『新オード集』発表。 長女レオポルディーヌ誕生。 ルイ一八世死亡、シャルル一〇世即位。	3月、JV、ジャヴェールに居場所を突き止められ、コゼットを連れて逃走。逃げ込んだ修道院でフォーシュルヴァンに再会。庭師として雇われ、コゼットは寄宿生に。
1825	23 (56)	ラマルチーヌとともにレジョン・ドヌール勲章受章。 このころからロマン主義のグループが形成される。	

1826	24（57）	次男シャルル誕生。詩集『オードとバラード』発表。	
1827	25（58）	劇『クロムウェル』とその「序文」出版、ロマン主義演劇理論を確立。ロマン派の指導者となる。	ポンメルシー大佐、死亡。マリユス、父の真の姿を知りボナパルト主義者となり、王党派の祖父の家から追放される。クールフェラックと出会い、《ABCの友の会》のメンバーと知り合う。
1828	26（59）	父レオポール死亡。三男フランソワ＝ヴィクトール誕生。	
1829	27（60）	古典派の規則を無視した『東方詩集』、小説『死刑囚最後の日』出版。劇『マリオン・ド・ロルム』発表。王家の威厳を損ねるとして上演禁止となり、王党派と訣別。	JV、フォーシュルヴァンの死を機に、コゼットを連れて修道院を出、プリュメ通りの家とふたつのアパルトマンを借りる。
1830	28（61）	劇『エルナニ』が大成功、古典派に対するロマン派の勝利。次女アデル誕生。議会解散の王令に対し、パリの民衆が蜂起（七月革命）。シャルル一〇世退位、オルレアン家のルイ・フィリップ、「フランス国民の王」として即位（七月王政）。	マリユス、ゴルボー屋敷に部屋を借り、リュクサンブール公園でJVとコゼットを見かけるようになる。
1831	29（62）	小説『ノートルダム・ド・パリ』刊行。	マリユス、隣人のジョンドレット（テナルディエ）の家賃を払ってやる。

1832 30 (63)

6月、パリでラマルク将軍の葬儀に際し共和派の蜂起。

プラス・ロワイヤル(現在のユゴー記念館)に転居。

劇『王は楽しむ』が一日で上演禁止に。


夏、コゼットと初めて視線をかわし、惹かれ合う。JVとコゼットのアパルトマンを突き止めるも、二人は姿を消す。

2月、JV、慈善のためにジョンドレット一家を訪ねる。JVの正体に気づいたジョンドレットとその仲間に殺されかけるが、マリユスの通報で駆けつけたジャヴェールにより、一味は逮捕、JVは逃亡。

4月、マリユス、テナルディエの娘エポニーヌの案内で、JVのプリュメ通りの家を知る。

この頃、ガヴローシュ、それと知らず彼の弟たちを助け、翌朝、父親の脱獄を助ける。

5月、マリユス、プリュメ通りの家の庭でコゼットと逢い引きを重ねる。

6月3日、マリユス、コゼットから急な渡英を聞かされる。翌日、コゼットとの結婚の許可を得るために祖父に会いに行くが、反対される。

6月5日午後、《ABCの友の会》のメンバーやガヴローシュなど蜂起者たちがシャンヴルリー通りにバリケードを築く。夜、ガヴローシュ、バリケードに潜入したジャヴェールを見破る。

マリユス、コゼットが姿を消し絶望したところに仲間の蜂起参加を知り、バリケードに到着、

1833	31（64）	劇『ルクレツィア・ボルジア』上演、大成功。端役を演じたジュリエット・ドルーエ、ユゴーの「生涯の愛人」となる。

ガヴローシュを救う。エポニーヌ、マリユスをかばって死亡。マリユス、コゼット宛の手紙をガヴローシュに託すが、JVの手に渡る。

6月6日夜明け、手紙を読んだJV、バリケードに到着。砲撃隊の攻撃で、ガヴローシュ死亡。JV、ジャヴェールを解放。《ABCの友の会》のメンバーはみな死亡。マリユス、重傷を負うが、JVに背負われ、パリの地下水道を通って逃れる。ジャヴェール、JVを見逃す。

6月7日、ジャヴェール、自殺。

9月、マリユス、危機を脱する。

12月、ジルノルマン氏、マリユスとコゼットの結婚を申し込む。JV、同意し、コゼットの持参金を用意。

2月、マリユス、コゼットと結婚。翌日、JV、マリユスに自分の正体を告白。

4月、JV、マリユスに疎まれていると知り、コゼットに会うのをやめ、急速に衰える。

6月、マリユス、ゆすりに来たテナルディエからJVが命の恩人だと知らされる。JV、病床に駆けつけたマリユスとコゼットに看取られながら永眠。

1834	32	小説『クロード・グー』発表。この頃、ルイ・フィリップの長子オルレアン公と知り合う。
1836	34	この年、二度アカデミー・フランセーズに立候補するも落選。**ルイ・ナポレオン、ストラスブールで蜂起、鎮圧される。**
1837	35	オルレアン公妃と知り合う。
1838	36	自宅にオルレアン公夫妻を招待。
1840	38	アカデミー・フランセーズに三度目の立候補するも落選。
1841	39	アカデミー・フランセーズ会員に当選、入会受託演説でナポレオン賛美。**ルイ・ナポレオン、アムの監獄に収監。**
1842	40	**オルレアン公、事故死。**
1843	41	劇『城主』上演、大失敗。以後、劇作を行わなくなる。
1845	43	国王から子爵の爵位を得、貴族院議員に任命。ビアール夫人との不倫発覚、スキャンダルに。『レ・ミゼール』の前身の執筆開始。
1848	46	普通選挙を求める「改革宴会」が禁止され、民衆蜂起。ルイ・フィリップ亡命、臨時政府成立（二月革命）。ユゴー、オルレアン公妃の摂政を支持する演説で民衆の怒りを買う。4月、憲法制定国民議会選挙で、ブルジョワ共和派が勝利。ユゴー、落選するも6月の補選で当選。**ルイ・ナポレオンも同時に当選。**

		パリの労働者による六月暴動、武力鎮圧される。ユゴー、《エヴェーヌマン》紙を創刊、大統領選挙でルイ・ナポレオン支持のキャンペーン。**12月、ルイ・ナポレオン、大統領に当選。**ユゴー、『レ・ミゼール』の執筆一時中断。
1849	47	立法議会選挙で「秩序党」から出馬し当選。議会で貧困についての演説を行うなど左傾化。
1851	49	ルイ・ナポレオンの憲法改正案に反対し、演説。次男シャルル投獄、《エヴェーヌマン》紙廃刊。**12月2日、ルイ・ナポレオンのクーデター。**ユゴー、少数の共和派議員たちとともに抵抗するも、過酷な弾圧のため、ベルギー亡命。12月21日、普通選挙によってクーデターが正式に承認。
1852	50	ブリュッセルで『小ナポレオン』出版。ジャージー島で、愛人ジュリエットや子供たちと暮らす。**ルイ・ナポレオン、皇帝に即位**（第二帝政）。
1853	51	ブリュッセルで『懲罰詩集』出版。
1855	53	イギリス政府からジャージー島からの立ち退きを命じられ、ガーンジー島に移住。
1856	54	ブリュッセルとパリで、『静観詩集』出版、大好評。
1859	57	特赦令出るも「自由がフランスに帰るとき、私も帰国するだろう」と帰国拒否。『諸世紀の伝説』（第一集）出版。
1860	58	一二年ぶりに『レ・ミゼラブル』の初稿をトランクから取り出し、再読ののち、年末まで改稿。

1861	59	ジュリエットとともにベルギーを旅し、ワーテルローで『レ・ミゼラブル』を書き終え、ガーンジー島に戻る。
1862	60	パリとブリュッセルで『レ・ミゼラブル』第1部(4月)、第2部と第3部(5月)、第4部と第5部(6月)刊行。
1868	66	ユゴー夫人アデル死亡。国外追放のユゴーは葬式に参列できず。
1869	67	ローザンヌで「自由と平和の会議」の議長。
1870	68	普仏戦争(~71年)。ナポレオン三世、スダンで降伏。 パリ市民による共和政宣言(国防政府)。 ユゴー、帰国。熱狂的に迎えられる。 プロシア軍によるパリ包囲。
1871	69	1月、国防政府、プロシアと休戦協定。 2月、国民議会議員選挙。ユゴー当選。ボルドーに移転した国民議会で、ティエールを首班とする臨時政府樹立。 3月、プロシア軍、パリに入城。仮講和条約批准。これに反対する市民によりパリ・コミューン設立。 ユゴー、これと前後して、ガリバルディの当選無効に抗議し議員辞職し、ブリュッセルへ。 5月、パリ・コミューン崩壊。 6月、ユゴー、パリ・コミューンの敗者を匿った廉でブリュッセルから追放され、パリに戻る(9月)。 8月、ティエール、大統領就任(第三共和政)。
1872	70	国民議会の総選挙で落選。

1873	71	ナポレオン三世、亡命先で死亡。ティエール罷免、マクマオン、大統領就任。
1875	73	『言行録』(亡命前)(亡命中)出版。
1876	74	上院議員に選出され、コミューン派の恩赦を求める演説を行う。『言行録』(亡命後)出版。
1877	75	『ある犯罪の物語』(第1巻)刊行。第三共和国憲法成立。
1878	76	『ある犯罪の物語』(第2巻)出版。国際文学会議の議長を務める。脳卒中の発作のためガーンジー島で療養。
1881	79	パリ市民、ユゴーの八〇歳を祝う。住まいのあるエーロー大通りがヴィクトール・ユゴー大通りに改称。
1883	81	ジュリエット・ドルーエ死亡。
1885	83	感冒をこじらせて肺鬱血になり、5月22日永眠。国葬では、二〇〇万を超える市民に見送られた棺が、凱旋門からパンテオンに運ばれ、埋葬。

主要参考文献

ユゴーの作品

Victor Hugo: Œuvres complètes (18 vol.), publiée sous la direction de Jean Massin, Le club français du livre, 1967-1970.

Victor Hugo: Œuvres complètes (15 vol.), édition dirigée par Jacques Seebacher et Guy Rosa, coll. 〈Bouquins〉, Robert Laffont, 1985.

Les Misérables, édition établie par Maurice Allem, Gallimard, coll. 〈La Pléiade〉, 1951.

Œuvres poétiques I, édition établie par Pierre Albouy, Gallimard, coll. 〈La Pléiade〉, 1964.

Œuvres poétiques II, ibid. 1967.

Œuvres poétiques III, ibid. 1974.

Choses vues, Souvenirs, journaux, cahiers 1830-1885, édition établie par Hubert Juin, Gallimard, coll. 〈Quarto〉, 2002.

Victor Hugo: Les Misérables III, Pocket, 1998.

ヴィクトル・ユゴー『ヴィクトル・ユゴー文学館』(全10巻)潮出版社, 2000-2001年

ユゴー著／西永良成訳『レ・ミゼラブル』(全5巻)ちくま文庫, 2012-2014年

ユゴーの伝記

Alain Decaux: Victor Hugo, Perrin, 2001.

Henri Guillemin: Hugo, Seuil, coll. 〈Ecrivains de toujours〉, 2002.

Sandrine Fillipetti: Victor Hugo, Gallimard, coll. 〈Folio〉, 2011.

Jean-Marc Hovasse, Victor Hugo, Fayard, 2001-2008:
  Tome I: Avant l'exil, 1802-1851, 2001.
  Tome II: Pendant l'exil, 1851-1864, 2008.

Adèle Hugo: Victor Hugo raconté par Adèle Hugo, texte intégral établi sous la direction d'Anne Ubersfeld et Guy Roza, Plon, coll. 〈Les Mémorables〉, 1985.

Hubert Juin: Victor Hugo (3 vol.), Flammarion.
  Tome I: 1802-1843, 1980.
  Tome II: 1844-1870, 1984.
  Tome III: 1870-1885, 1986.

André Maurois: Olympio ou la Vie de Victor Hugo, Hachette, 1954. (邦訳：アンドレ・モロワ著／辻昶・横山正二訳『ヴィクトー

ル・ユゴーの生涯』新潮社，1969年）

ユゴー研究書

Pierre Albouy: La création mythologique chez Victor Hugo, José Corti, 1963.
Etienne Brunet: Le vocabulaire de Victor Hugo (3 vol.), Honoré Champion, 1988.
Michel Butor: Victor Hugo romancier dans Répertoire II, Editions de Minuit, 1965.
Hubert de Phalèse: Dictionnaire des Misérables, Nizet, 1994.
Frank Laurent: Victor Hugo, Espace et politique jusqu'à l'exil, Presses universitaires de Rennes, 2008.
Mario Vargas Llosa: La tentation de l'impossible-Victor Hugo et Les Misérables, Arcades/Gallimard, 2004.
Jean Maurel: Victor Hugo philosophe, Puf. coll. 〈Philosophes〉, 1985.
Henri Pena-Ruiz/Jean-Paul Scot: Un poète en politique-Les combats de Victor Hugo, Flammarion, 2002.
Myriam Roman: Victor Hugo et le roman philosophique, Honoré Champion, coll. 〈Romantisme et modernité〉, 1999.
Michel Winock: Victor Hugo dans l'arène politique, Bayard, 2005.
Lire Les misérables; textes réunis et présentés par Anne Ubersfeld et Guy Rosa, José Corti, 1985.
Victor Hugo et l'Europe de la pensée, textes réunis et présentés par Françoise Chenet-Faugeras, A.-G. Nizet, 1995.
西川長夫『フランスの近代とボナパルティズム』岩波書店，1984年
稲垣直樹『「レ・ミゼラブル」を読みなおす』白水社，1998年

関連歴史書

Maurice Agulhon: 1848 ou l'apprentissage de la République 1848-1852, Seuil, coll. 〈Points Histoire〉, 1973.
Paul Bénichou: Romantismes français (2 tomes), Gallimard, coll. 〈Quarto〉, 2004.
Louis Chevalier: Classes laborieuses et classes dangereuses, Librairie générale française, 1978.
Jean-Marie Mayeur: Les débuts de la IIIième République 1871-1898, Seuil, coll. 〈Points Histoire〉, 1973.
Michel Winock: Les Voix de la liberté, Seuil 2001.

カール・マルクス著／植村邦彦訳『ルイ・ボナパルトのブリュメール 18 日』平凡社，2008 年

西永良成

1944年富山生まれ．東京外国語大学名誉教授．専門はフランス文学．2012〜14年に，ちくま文庫から『レ・ミゼラブル』全5巻の新訳を刊行．

主な著書に『サルトルの晩年』(中公新書)，『ミラン・クンデラの思想』(平凡社選書)，『〈個人〉の行方——ルネ・ジラールと現代社会』(大修館書店)，『激情と神秘——ルネ・シャールの詩と思想』(岩波書店)など．

訳書に，ミラン・クンデラの『笑いと忘却の書』(集英社文庫)，『存在の耐えられない軽さ』(河出書房新社)，『冗談』『小説の技法』(岩波文庫)などの他，サルトル，デュマ・フィスなど多数．


『レ・ミゼラブル』の世界　　岩波新書(新赤版)1655

2017年3月22日　第1刷発行

著　者　西永良成《にしながよしなり》

発行者　岡本　厚

発行所　株式会社　岩波書店
〒101-8002　東京都千代田区一ツ橋2-5-5
案内　03-5210-4000　営業部　03-5210-4111
http://www.iwanami.co.jp/

新書編集部　03-5210-4054
http://www.iwanamishinsho.com/

印刷製本・法令印刷　カバー・半七印刷

ISBN 978-4-00-431655-8　　Printed in Japan

岩波新書新赤版一〇〇〇点に際して

ひとつの時代が終わったと言われて久しい。だが、その先にいかなる時代を展望するのか、私たちはその輪郭すら描きえていない。二〇世紀から持ち越した課題の多くは、未だ解決の緒を見つけることのできないままであり、二一世紀が新たに招きよせた問題も少なくない。グローバル資本主義の浸透、憎悪の連鎖、暴力の応酬――世界は混沌として深い不安の只中にある。

現代社会においては変化が常態となり、速さと新しさに絶対的な価値が与えられた。消費社会の深化と情報技術の革命は、種々の境界を無くし、人々の生活やコミュニケーションの様式を根底から変容させてきた。ライフスタイルは多様化し、一面では個人の生き方をそれぞれが選びとる時代が始まっている。同時に、新たな格差が生まれ、様々な次元での亀裂や分断が深まっている。社会や歴史に対する意識が揺らぎ、普遍的な理念に対する根本的な懐疑や、現実を変えることへの無力感がひそかに根を張りつつある。そして生きることに誰もが困難を覚える時代が到来している。

しかし、日常生活のそれぞれの場で、自由と民主主義を獲得し実践することを通じて、私たち自身がそうした閉塞を乗り超え、希望の時代の幕開けを告げてゆくことは不可能ではあるまい。そのために、いま求められていること――それは、個と個の間で開かれた対話を積み重ねながら、人間らしく生きることの条件について一人ひとりが粘り強く思考することではないか。その営みの糧となるものが、教養に外ならないと私たちは考える。歴史とは何か、よく生きるとはいかなることか、世界そして人間はどこへ向かうべきなのか――こうした根源的な問いとの格闘が、文化と知の厚みを作り出し、個人と社会を支える基盤としての教養となった。まさにそのような教養への道案内こそ、岩波新書が創刊以来、追求してきたことである。

岩波新書は、日中戦争下の一九三八年一一月に赤版として創刊された。創刊の辞は、道義の精神に則らない日本の行動を憂慮し、批判的精神と良心的行動の欠如を戒めつつ、現代人の現代的教養を刊行の目的とする、と謳っている。以後、青版、黄版、新赤版と装いを改めながら、合計二五〇〇点余りを世に問うてきた。そして、いままた新赤版が一〇〇〇点を迎えたのを機に、人間の理性と良心への信頼を再確認し、それに裏打ちされた文化を培っていく決意を込めて、新しい装丁のもとに再出発したいと思う。一冊一冊から吹き出す新風が一人でも多くの読者の許に届くこと、そして希望ある時代への想像力を豊かにかき立てることを切に願う。

（二〇〇六年四月）